渓流は
残月を掬い
うしろへうしろへと廻す
三千万年のラグビー

[illegible]二百年が
[illegible]死を急ぐことあらむ
[illegible]生を足掻くことあらむ

現代詩文庫　221

思潮社

國峰照子詩集・目次

エッセイ・評論

作品論・詩人論

装幀・菊地信義

詩篇

詩集〈玉ねぎの Black Box〉から

ワイセツな一日

すべての関係がワイセツに思える日がある。その日は雨が降って、葬式があって、月曜だった。急坂の上にある火葬場の、ぬれそぼる桜の木の下で見得をきる金ぴかの霊柩車は造られたワイセツだ。砂利の上に降る雨の微かな隙間をおしひらきしみ込んでいく自然のワイセツ。死者との最後のおわかれに、柩の窓から次々に覗く視線は敬虔なワイセツで、棺を入れる鉄の扉はラブホテルの入口のようになめらかでさりげなくワイセツだった。

なく人、なぐさめる人、こらえる人、お義理に立つ人の、白いハンカチがひろげられ、にぎりつぶされ、ワイセツにたたまれる。山を降りると道の端にポルノ雑誌販売機があって、そのあっけらかんとした機械だけがいやに清潔にみえたのです。

かんけい、かんけい、舌の上でころがしてみる。吐き出すことも、噛み下すことも出来ないまま、日常風な顔をして帰ってくる。小住宅の門柱に架けられた赤い郵便受けに、夫と妻と子供の関係が麗々しく並べてある、このワイセツな家庭に。

コインランドリー

誰でも簡単にできる!
セルフサービス　24時間
年中無休　管理人おとなり

となりの肉屋はとうに閉まって
間口四間のガラスの内は
真夜中でも
明かるすぎるほどの蛍光灯に照らされ
無人
正面にはめこまれた乾燥機4台の
貪欲な大口が待っている

殺菌乾燥機——ガス乾燥80℃
フタをあけて洗い終った洗濯物を乾燥機の中へ入れきちんとフタをしめて下さい。100円玉一個を投入口に入れて下さい。量が多い場合は100円玉一個を追加して下さい。100円＝10分

わきには大型洗濯機4台
小型の家庭用洗濯機4台
粉末洗剤の自動販売機が壁に出張って
となりにベビーシッターの広告

講演会、同窓会、芸術観賞のとき、ご入院のとき、ご旅行のとき、急なご用のとき、大きな赤ちゃんを責任もってお預りします。優秀な保育専門資格者が、お電話おまちしております。　センターオフクロ
（5）0296

乾燥機に硬貨2つと
気難かしやの亭主ひとつ納め
フタをしめる
誰でも簡単にできる
20分もおどらせれば
かるく　うすっぺらくなって　あとは
まだ温い亭主をていねいに畳んで帰る
だけだ

日常の卵

一個の卵がそこに
たった今天から降りてきたように
そこにあった
買物から帰って門をあけると
そこにあった
自転車のタイヤでこづいたら
起き上りこぼしのようにゆれる卵
そこにあった

たった今、スーパーの隣の喫茶店が一夜にして瓦礫となっているのを見てきたばかり。立ち退きの交渉が長びくとみた金融暴力団まがいの地主が壊しヤを雇ったらしい。行きつけの瀟洒な店だったのに、シヨベルカーで一蹴。屋根のスレートや壁材のめちゃくちゃ粗大ゴミ。その下で小さな鶏の絵が死にきれず足をもがいていた。

目覚めると今日も真夏日
卵　まだある
門前にひろがる駐車場のフロントガラスの反射あびて
卵　まだある
朝刊をとりにでて危くつんのめる
日常性のしたたりのようなおしりだして
卵　まだある

「立入厳禁」喫茶店跡には高い塀が張りめぐらされ、のぞき見も出来なくなっていた。近所の人の話では経営者は営業権、借地権、生活権とかあって、こんな暴力行為は許せないと告訴したというが、地主は裁判になる前に計画的に破産することになっているとか。ムショ入りの身代り人はいくらもいるとか。土地は既に転売されて某銀行のものとやら。

買物から帰るとしらん顔で
卵大きくなっている
まあるく　甘く　つやつやと

卵大きくなっている
危なげでいて非のうちどころない堅固なたてもの
卵大きくなっている
なか身こんとん　なか身こんとん
制度という卵のように居据って
卵大きくなっている

石狩河口にて

雪原を一途に歩いてきたが　厳冬の石狩河口は白く凍って　河岸との境をみせない　海はどのあたりか　足元もおぼつかなくたたずんでいると　ギィー　ギィー　どこかで海鳥がなく（低い位置だ）（鳥影はみえない）（とべない鳥だろうか）

雪靴をひき抜き　ひき抜きたどると　雪積に埋まりかけた廃屋の裏手に出た　音はそこから発していた　半分ちぎれた格子窓を　必死につなぎとめている蝶つがい　枠板にしがみついて　（心中もんでもあるまいに）　この世の裏声をはりあげているのだ

ほとんど互いの一部　と思われるほど肉化した　古い掟のようなネジを解けば　むらさきに染まる　雪の日本海を　低く渡っていくひとひらの蝶になる　と夢想することは詩的だが　自由は重すぎて？（軽すぎて？）とべまい

この世界を支えているほどの　大げさな嘆き重苦しい歯ぎしりの無意味さは　まるで私の擬態そのものではないか　思わず私は蹴ったのだろうか　突いたのだろうか　戸はあまりにもろく　向うへ落ちていった

きしみは止んだ　二度と鳴らない　粉雪が音

階の虚をくぐるように　斜めに吸われていく寂滅の穴　のぞき見るとそこは　極彩色の蝶の　るいるいと死骸の山であった　ゆれる裸電球の下　横臥した人体にびっしりと寄りそう　虫たちの芳醇な墓

埃くささにまじって　かすかに潮の香りを嗅いだ　まるで破舟の記憶のように　私はひんやりと真夏の夢をみていた

安楽傘

新案登録　九四三四三四七〇
特許申請中

この度は当店の「安楽傘」をお買い上げいただき、誠にありがとうございます。

終生の友としてご満足いただけるものと、確信いたしております。

＊使用法

まず雨もよいの路上に垂直に立ち、路面とあなたのなす直角三角形の斜辺に、傘を位置して下さい。次に親指のワンタッチで静かに開いて下さい。あとは肩に掲げてぶらぶらと雨に唄えば、心棒の揺籃に眠っている、この世で最もpureなものが、あなたの手のぬくもりに目覚めて虹のように浸出しはじめます。それはたちまちに幽明境の彼方へ、あなたの直接性を運んでくれるでしょう。

ただ、世にもpureなものは、それ自身を冒かす毒に寝返りやすく、仮眠から永眠へ既に移行している場合もあります。三、四十分も変化がないようでしたら、その時は、不粋にお買い直しいただくか、粋におあきらめ下さるよう、お願い申し上げます。

＊ご注意

使用前に爪を切り、手を清潔にお洗い下さい。
また、ニンニクや酒類の食用はおひかえ下さい。
相合傘、及び日傘として使用しないで下さい。
湿疹、かぶれの出来やすい方は医師にご相談下さい。

お子様の手の届かない冷暗所に保管して下さい。
意思のない他人に貸与した場合は罰せられます。

発売元　世紀末本舗　个　國峰商店

もうひとつの靴　一九九×年十二月二四日

玄関の
化粧レンガのたたきに
三足の靴が冷えている

主人《あるじ》の靴は居眠りをしている
客^{1}の靴は舌の先で歩行を反芻している
客^{2}の靴は薄い目に小砂利をはさんでいる
主人《あるじ》の靴はO型でだんびろに疲れて
客^{1}の靴は執達吏のように固く張って
客^{2}の靴は外側に少しねじれて

時折りドアの隙間から侵入してくる風花の
軽い気配に回路がつながるのか
ふとしたコトバが舞いあがってくる

目覚めていると怖ればかりがふくらんで
　じっとり重くなっていくんだよなァ

　　折れ曲った車軸の先で
　　　俺が
　カラカラと回っているのさ

小便袋にはいるほどのボキャブラリーを
　耳かきですくっては置いてみたが
　　何でもいい祈りの言葉さえあれば
少くとも内側から悲惨になることだけは
　　　まぬがれるのだが

神の間違いにくらべれば
人間の間違いなんて些細なものさ
さ　さ　い　な

ドアの向うの大きな梁で
主人《あるじ》はゆれて　見届けた客もゆれて
最後になった失意の客も柔かく息を停めた

そこになんの殺戮もなかった
終焉が自然の気息に合わせて揺れている
完璧な模倣は美しくさえある

主人《あるじ》の靴は主人《あるじ》を思い出さない
客^{1}の靴は客^{1}を思い出さない
客^{2}の靴は客^{2}を思い出さない

（さあ終ったよ　ゆっくりお休み）

もうひとつの靴は敬虔に別れを告げる

ひとり身の老人たちに
優しい死を贈る
サンタクロースの白いブーツ

外は大雪
次の予約先は？
紫色に暮れてゆく街角で
レンターそりが待っている

反住器

◆丘の中腹のけずられた台地にある　幾何学的建物をなんと呼んだらいいのか　複雑に入り組んだ線を結ぶ外壁　そのすべてを埋めつくしたクリスタルの破片の　内部から輝やく夜のあかりは　頭脳の透視図をみるような　あるいは天上の鍵盤楽器をみるような　不思議な戦慄をおぼえさせるのだ

◆これは住まいというより反住器と呼ぶべきなのかもしれない　そしてここに住む人達を聖家族と私は呼んでみるのだ

◆Xは元教授（持病のリュウマチスが顔を出すときだけ私が招かれる）　Yは夫人とよびたいほど清らかな容姿をしているが　Xの夫人ではなく亡くなったX夫人の愛人であったらしい　ZはX夫人の子であるようだがXの子とは限定されぬ　誰の子でもなく誰の子でもありうる美青年の潤達さで無線をうちつづけている

◆このように三人には血縁にかかわるおぞましさが全くない　それは空間そのものが住むものを選択し　その行為　感覚をも知らぬうちに変えていくと言えるのかもしれない

◆そもそもこの反住器は　住宅から家族のためという功利性　依存性　抒情性をはぎとり　人間を本来の個　浮遊する種子という捉え方をした　住いの哲学からきているらしい　だから多様で複雑な個の属性を決して秩序だてない　無意味な空間という贅沢さにあふれている

◆流動する部屋部屋は奇妙な入れ子をなしていて　自在に　核であったり　中庭をのぞむ中二階であったり　地下であったり　また村を見おろすテラスであったりする　気分によってはつぼみを押しひろげた花のように青空に向けてあくびをすることもある

◆ここに住む人は家族の黄金分割された役割を荷なわない　生産非生産の枠組みに捉られず　おもむくままに性は可変で相対的である　無線をうちながらYとZが愛しあい　Xが情熱的に写真をとりまくることもありうる　またXとZが同じベッドで眠ったとしても　いつもと変らぬ爽やかな朝がくるはずだ

◆関係のなかで犠牲になることは一切ない　よって恩着せることもありえない　食事および排泄は恥じらい深く　個々にひっそりと行われるので　共同の先天的不潔

さからも免れているのだ

◆ときに夜半　星をかきまぜるような音楽が降ってくるのは　誰かがパーティをひらいているに違いない　それぞれの交遊に口はさむものはいないので　夫人のようなYが婦人を連れこんでも誰も知らない　また知り合うほど長くいたためしがない　なにせYは迷路のオーソリティで　新作品の一つ一つを刺繍でタピストリーにするという凝った趣味人　ひょっとして鏡張りの迷路に何人もの愛人をさまよわせているのかもしれない　無線狂のZはたびたび異星の異性と婚約するが　条件を照らしあわせているうちにあきてしまうようだ　Xは「無意味について」の哲学的論文を書いていると聞くがいつ書きあがるやら　永遠に無意味な削除と補足と　くり返しつづけているやにみえる

◆ところでこの均衡がひょんなことから破れたのだ　ある日まのぬけた泥棒が多面体の一角から忍びこんだらしい

◆すきとおった坑道のような階段をのぼり　のぼり　のぼり　そして階段を降りた　降りた　降りた　どこにもドアがなく誰にも会わず入った口もわからず　こそ泥は幻の遠近法に幻惑され丸三日歩きつづけた　もう昇ることも降りることもできず　非連続のバネの一つにのって末長くはねていなければならない破目になり　ついに空腹と疲労で泣きだし　泣きながら死んだという

◆だからこの反住器のどこかに一つの死体があるはずだが　肉体の記憶が泥棒という制度内回路にあるかぎり彼はそこでは腐ることも出来ないだろう　聖家族は死体とも親密にやっていくに違いない　とにかくこの人達制度にのりづけされた意味をはがすことにかけて　異常な偏執をもっているのだから

◆新種の花を造花と見まごうように　反住器そのものが　本当は神秘な花なのかもしれない

◆往診の途次この館のすそをめぐって　私はしばしば不思議な香りに酔いしれるのだ　巨大な食虫花の精に魅入られた羽虫のように　私の躰はこの戦慄をよろこび　何かを待ちのぞんでいる

Black Box の教室（抄）

国語

Black Box の青い鳥は
色を変えて逃げまわっている
無責任のようだが
幸運は
握った手のなかで
くびり殺されると知っているから

こんなことになった不運を
たれに解ってもらえよう

囀れば
ハッピー　ハッピー
と鳴いてしまうのだ

理科

Black Box の覗機関《のぞきからくり》は
（外からは鏡面
内からは広角レンズの眼）
魚のように閉じることがないので
苦い真実まで見てしまう
そんなとき　遅まきの
心の蛇腹がざわざわと閉まるのだ
耳をつけると
それは遠い波音にきこえる

図工

電気ショックに
ほっとほっと笑いころげ
水をさしても止まらない

ハンカチも白らけてしまうほど
この笑うアイロンには
手を焼く

そこで
マン・レイ氏は釘をさしておいた
キミニハチンモクガオニアイダ

兎の病室

I　西日

坂の途中にある医院の　西日にさらされた病室は少し傾いているので　どうしても廊下側の隅に　居つくことになる

独りでいるには　後肢を前肢でかかえこみ　耳を折りたたんで　顔をうめる　この形しかない　胎児に近いすがたで　室の一角に背をあずけ　壁の中にはまっている

錆びついたスチールの　棚の上の　花のない花びん　目盛りのある吸呑み　ブランクーシの鳥の写真　それぞれの位置は宇宙図譜のように決まっていて　その終える場所の　ほんの少し反りかえった時間を　静かに咀嚼している

きょうは　あなたのこと　少し吐いた
胆汁にまじる一滴の　赤　どす黒い汚点

こうして肉体と記憶と　そぎ落としていけば　いつか壁のシミになれるだろうか　胎児にはほど遠い　かたくなな影が　ゼンマイ仕掛けのように　カタカタ揺れはじめる

そのとき見知らぬ手が　西日をわって　白い錠剤を差し出す

Ⅱ　新聞

ようやく西日のおちるころ　日付けのない新聞が投げこ
まれる　見出しを一瞥すると「兎の老朽化進む」「兎の
漫歩」「兎またとび降りる」「兎の防禦率」とある　兎が
話題になりすぎるのは　兎狩りのはじまる悪い前兆だ
と兎主義者はいう

坂をのぼる車から　突然ボリュームいっぱいの音楽が噴
きあがる
won't be sorry It's easy to survive ついておいでよ
（後悔しないぜ　楽に生きてけるよ）
ターザン・ボーイが一声　ワオーといったところで切れ
た

あとは深いジャングルの闇　頭の中がうっそうとしてく
る　だれもいないのに　だれかいる　中庭の樹が息をす
るたびに　兎を一匹　吐きだしているのだ

この医院の看板には女医さんの名前が書いてあるが　会
ったことはない　患者もいる気配がない　ほんとうは空
屋なのかもしれぬが　どこかに目と手首だけあって

きょうも　あなたのこと　少し吐いた
触れない手について　匂わない肌について

あす　少しは縮んでいるだろうか　夕刊をほとんどたべ
る
新聞は解読する必要はない　それ自身の解毒にまかせる
べきだ

Ⅲ　楽器

どこへ引きずられていくのですか
汗を流して回る地球は宇宙の銀色のトゲにひっかかっ
て　オルゴールのような音をたてる　倍音のシャボン玉
がふくれ　またふくれ　その軌跡を耳のばして追いつづ
けていく
と　ふいにプツッとはぐれてしまう

次の音まで　耳はすけるほど薄くしておかねばならない
いつの間に眠ったのだろう
背骨がうずき　とびはね　きらきらと十二音を発しはじめる
あなたの指先が　わたしを弾じいているのだ
骨を通してきく恍惚のラグ・タイム

楽器は時間をくう　とてつもない美食家だ
ところでわたしは唄っているのだろうか
泣いているのだろうか
多分　泣くことは唄うことなのだろう

気がつくと　熱にうかされたように
地球は天体の町外れで　止まっている

Ⅳ　数列

朝になると　膿盆にカタツムリのような巻尺が一個　入ってくる
縮み具合を計るのがここの慣わしだが　刻み目は　その日の気圧によって　微妙に狂っている

0.0193078……3.121209……9989.111
わたしはいい匂いのする数列を組んでみる　と背中の裏側で　さざ波のようなブーイングが起るのだ　悦楽と不安とは　いつも背中合わせにやってくる

中庭の椿に季節はずれの花が咲いた　西日に受肉させられた兎が　赤い椿になったのだ　わたしは知っている
明日はぽとりと昇天し　次の日には　風の柩がいずことなく運び去ってしまうのを

あなたのいる外界は　あっという間に　継起し　消滅し　表層で泡だつ海のように暗く　色をかえる
明るくみえたものは　空を映していたに過ぎない

いまは羽化する数字だけが　かすかな手掛かり

それらは壁にうめこまれた帽子かけのように　血を流し
つづける

V　畸型

兎は遺伝子のどこを損傷したのか
長すぎる耳
血をよぶ目
裂けた口
丸いだけのしっぽ
この畸型は快楽を追い求めた種属がうける罰なのか
(快楽も異教のひとつにちがいない)
一羽二羽と呼ばれても
はばたくことも出来ない鳥
からだには飛翔の記憶が残っていて
つきぬける原色の空へ
たまらなく耳がうずき出すことがある

VI　虚構

傾いた室で言うべきことは何もなかった　ことばではな
い物のかたちそのもので在りたかった　それなのにまこ
としやかな独白《モノローグ》が　ひとたび語られはじめるや　筋書き
は先へ先へ　走る

きみは殺したのですね
　はい　そうです
きみは食べたのですね
　ええ　夢中でした
母の日のお母さんは　どうでした?
　とろけるように柔かく
　とりたてのように甘酸っぱく
きみは今でも食べられますか
　はい　もう何度でも
よかったですね　明日は退院です
　ありがとう　わたしは直ったのですね
もう何を食べてもいいのですよ
　はい　早速うさぎのランチを注文します
今ではこんなことさえ　楽に吐いてしまいそうだ

物語を操作するのは　だれ？
ひらひらと先導するくらげの指が　リアルタイムをつくっている

Ⅶ　実験

ある種の光の粒子が　脳の回路を遮断し　思考の立体化を妨げることはありうるだろうか
吐く快楽から　犯される快楽へ
辻つまを合わせようとする
脳の内圧が異常にあがり　割れるような痛さだ

もう自然に発する声はあり得ない
これはわたしではない（わたし）
ほとんど実験兎のテキストの声だ（というわたし）
思考と思考がぶつかって起る波動のズレが
いま生体実験されている（と実感するわたしを実験するわたし）

ああ　薬《ドラッグ》が
最後にまっとうな嘘を吐かせようと強迫してくる
A、A、A、……I、I、I

すべてをアイに還元しようとするドラマの言葉を拒否する
断固！
どもりながら　断固ハ行にかえていく
兎は笑いながら生き残る　生き残る　生き残る
疑わしい生体実験の　だがこれもプログラミングされた一行か？

アッハッハッハッハッ
病室なんて　ハッハッハッハッハッ
わたしは夢を扼殺した　笑うシミ　アハハハハハハハハ
ハハハハハハ

月合い

＊

くる日もくる日も
手の甲を噛んでいます
痛む皮膚と
銜えこむ歯との
二重の充足《いたみ》
歯型が消えないように
もっと強く
もっと深く
それ以外の
どんな想い方があるでしょう
好きな人を噛んでしまったあと

＊

ちいさな子を預ったので
面白い歌をうたってやりました

手を叩いて笑うので
もう一度　うたいました
足まで笑うので
また　うたいました

ちいさな子は気の毒そうに言いました
もう笑わなくていい？

＊

近づくと
手足かくし
黙りこむ

世界は
私にだけ
甲羅でありますか

切り刻まれた
メスのあと

巨大なカサブタにみえますが
内側は
癒えているのですか
病んでいるのですか

打ちとけた話をしたことは
ありません

＊

ウツの日は
屋根の上で
月と遊んでいます

月崩したり　月上げたり　月飛ばしたり
月落としたり　月返したり　月出したり
月抜けたり　月通したり　月立てたり
月回したり　月放したり　月刺したり

そのあとで
病院に　月添ってゆきます
今夜は最後まで
月合うよ

浮遊家族

たけり沈んだ娘は
いない
おびえ青ざめた息子は
いない
アルコール依存症の父は
カルチャーセンターへ教えにいく日と関わりなく
いない
神経を病む
妻（母）は香を焚き　サティをきく

日常の食卓はとり払われ
クッションが浮遊する
白い居間
ばらばらの夏は
膿みきって
乾きはじめていた

回復期の
扇風機がうなりを壁にはわせ
ゆっくりまわっている

おちたカレンダーは五月のまま

その青い海の縁《へり》を
蟻が一匹
うろうろしている

たそがれが　窓辺に

気だるくもたれかかるころ
あるはずのない食卓に
四方から
のびる手だけが見えてくる

（『玉ねぎのBlack Box』一九八七年思潮社刊）

詩集〈4×4＝16　月の故買屋〉から

暗黒の舞踏師が行く

聾よ　聾よ　わたしはめしいている
めしいているから　あおい燈明のなか
背中で這っていく声の　やさしい脳下垂体
かなしい内耳に　もえる蠟のしたたりがみえる
聾よ挽け　奴隷の　しなやかな足首で
生れたばかりのことばを　オレンジの空へ挽け
汗がちる　弓をひく全裸の腰　頂点に岐立する矢から
過激に放たれる声の首　一瞬　宙をがっぷり噛む
ひとすじの血が　肩から腕　手首から指へと　なめらかに

空の関節をはずしていく
とびだした目が笑う　いま聾は空腹に充たされ
自在な支点でゆれる一輪の花　よじのぼり
落ちかかり　すれすれのところで
昼の月のように泳いでいる
聾よ
いまだ届かないそのからだに
見えていながら　触れない　そのからだに
欲情しつづける

ゆうがとう氏の怪我と功名

半音階を上がっていくと
悪魔がうれしそうに付いてくるので
88鍵の外まで行ってしまう
気がつくと梯子は外されていて
それで何度も足を折っている

*

ひびきがあまりに蠱惑的なので
八里四方の虫が集まってくる
夏の夜など　耳も鼻もあっという間に塞がれて
それで何度も窒息したものだ

＊
一流のフォルティッシモを出すのに
歯をくいしばった
おかげで
あごは上流に
歯は下流の土手にひっかかっている
＊
演奏の前に
ピアノの腹を撫ぜてやると
名器は
後足をくくっと震わせて悦に入るが
もっともっと
と腹を上向けてしまう狂器もあって
その下敷きで
何度も頭蓋骨折している
＊
うしろ手でもピアノが弾けるのは
「革命」を演奏したために
思想犯でムショぐらしを強いられたのと

「黒鍵」を演奏したあと
アパルトヘイトに吊るし上げられた
たまものだ
＊
最後の演奏会「告別」は凄かった
あまりの拍手に
耳を潰してしまった
＊
そしていま
わたしは誘蛾燈
ホームの友だちが蝶々と集まって
蚊帳をゆらす
このどよめきの海
マ　メール　ロワ
マ　メール　ロワ

　　まだまだ世間は　この
　　椅子から降ろしてくれない

錬金術師の夜を尾行する
藍色の空に
　∞の字に浮いている
雲
　非定形の
　　窓から
寒気団の黄色い
　　旗がふられている
読みこむことは
呼びこむことだ
きみはアントナン・アルトーを読んだか？
夜のえり首をぐいとつかむ
　ふりむいた額には
　　裏側の夜が広がっているばかり
冷ややかに　透明な

凸レンズの回転扉を押す
一羽の蛾
くるり反転する　気配なき
気配
超自我は
夜の氷面にうちふるえる
「絶対の分身」　魚だったら　どんなによかったろう
ことばの反逆が詩になってしまう　不幸な時代の
　自転車
（雪片曲線の車輪）をひいてゆく
横転した事故車の
さびた腹の
わきの
歩行者用信号機の
赤い人型は
首の皮一枚で外出している

　　　　わたしの辛さ　あなたの辛さ
　　　　いい按配に　無関係だ

どこまでも平行に走る
上越線の硬直したレールに
小石をひとつ　ひとつ置いてみる
鉄の腕は
折り合わぬ枕木から
宙へ　反りかえって
名のない星で
一点に交わるだろう
ひそかに
　黄金の虫をポケットにしのばせ
　　黄金の耳をはじき
　　　黄金のパンを齧りながら行く　きみ

銀行の夜間窓口の厚いくちびるに　気をつけろ
　自然主義者の
　　贋金づくり！

　　　　　　　　タレこむのはいつも奴らだ

（耳の奥で銃声が一発はぜる）

またしても
　朝がゆの一摘みのセリに和んでいってしまうのか
夜の眼球
　　面変わりした牡蠣のように
　　　　だが　終わりはしない　なにも
　　　　　終わったわけではない
いまは　そう
　　　いまはひとまず
まかれた
　　　だけだ

彫り師の末裔　　　　　　　　杜の気配

して
うす墨の　　　　　　　　　神社の境内のよう
いまはのきわを　　　　　　　　な広場につく
汗ばんで歩いていく　　　　円形に灯された　提灯
たましいが　　　　　　　の内は　砂を盛った　土俵だ
鼻の穴からぬけでそうなので　　析がはいる
気が気でない　　　　　　気どよめき　どよめき　わって
登場の
提灯の　　　　　　　　力士たちの背から胸へ
迂回する　　　　毘沙門天
矢印にそって　　　　昇り龍
鼻をすすりあげ　　蛇神
すすりあげ　　　　　　橘姫
さびしい土堤　　須佐之男命
いそいで　　　　　姫松力之助
いそいでいる　と　　唐師子牡丹
ひとの気配　　　　　　　　の刺青が舞う

秘蔵の図柄が
力士の桃いろ
の肌を吸って
息づいている
いずこともしれぬ辺土に　華ひらく　絵師の魂
息をのむ
ほおっ
（間に合ってよかった）
鼻毛にひっかかる
たましいの　露頭
すかさず胸うちに
ひきおろし
「御臨終です」
医師がうなじを下げるのをきく

ラビリンス氏の水槽

ラビリンス氏の邸宅は海底に沈んだ巨大な水槽
ラビリンス氏の居室は水槽のなかに吊られた透明な密室
ラビリンス氏の庭園は外敵のいないくらげの天国
ラビリンス氏はかくれたるくらげの蒐集家
ラビリンス氏はくらげの新種にあこがれ
ラビリンス氏は朝早くサンゴの庭を散歩する

ゆらり
ふわり

むらさきくらげは　夢精するふうりん
はながさくらげは　海のプリズム
にちりんくらげは　かぎりなく薄い神秘
えだあしくらげは　行き着けない顫音《トレモロ》
かたあしくらげは　塩水にもどされた疑問符《クエスチョンマーク》
おべりあくらげは　いつの間にか抜けだした魂

ゆらり
ふわり

ラビリンス氏は寒天質のすずしさについて研究する
ラビリンス氏はくらげの色彩について研究する
ラビリンス氏は刺胞の毒について研究する
ラビリンス氏は傘の開閉について研究する
ラビリンス氏はひかる眼点について研究する
ラビリンス氏はくらげの快楽《けらく》について研究する

　　ゆらり
　　ふわり

ある日ラビリンス氏はくらげのくらげたる所以
　を発見する
と同時に（あるいは一歩早く）
くらげは人間の人間たる所以を発見したにちが
　いない
にぎにぎしくしめやかな水葬が執り行なわれ
ラビリンス氏の研究ノートとラビリンス氏の姿
　形は
跡かたもなく消された

　　　　ゆらり
　　　　ふわり
自然の生命《いのち》に安穏なものなどない
と　くらげは気触れてみせる
澄んだ海底から見上げる与那国の青い青い空のかがみに
　映して

ゆらり
ふわり
水槽の今
　　　　今
　　　　　今
　　　　　　今
　　　　　　　今

可不可なひびきに

はじける　すいてき　いってき　はみでて
われてく　はっきり　せかいの　うらぎり
みるみる　うつむき　あきぞら　あわてて
ちかくの　さざなみ　しせんの　はしっこ
つくつく　たたくの　しぜんは　ふるえる
たふたふ　ふるえて　おちると　かふかの
のおとも　ののすえ　すずなり　にをひく
みちみち　かぜのり　くもって　あしぶえ
むむむむ　むとなろ　かろやか　わたれば
あわあわ　たちきえ　たちきる　ひるみち
いぬたち　しんおん　かきくれ　ひらりあ
とくとく　ひときわ　めさまし　ぺえろろ
るろるろ　くれこん　つのはえ　めめしき
つのきり　はるかな　くもぐも　てんでん
いとする　するする　よじれて　ふれてく
こころの　みみたて　みどりの　いっとき
おしやり　ふらんに　べんべん　あるいて

おしかえ　ひきかえ　どこかへ　かさかさ
かささし　ひともり　ぴぴのな　ふるえる
うたから　いざたち　どこそこ　ないうた
よんでよ　かすかに　かんでよ　ふえふき
ならして　こぼれる　ひかりを　すみれ
の
そらから
くれそめ
くれると
つつつつ
はしった
いたみの
もめんと

＊これは高橋悠治の演奏「カフカ―可不可」がひきだした
ことばのつづれ帯です。

マージナル氏の庭

＊1　この大理石のひいらぎは、本質的な点でほとんど先の「青い桜」と変わらない。

＊3　乳母車の中で乳首をくわえているのは、明らかに年老いたマージナル氏であろう。

＊5　アルカディアの犬、この種の犬は現存しない。おそらくマージナル氏が何世代か混種を重ねて、自己相似的なフラクタル次元の犬を産出したのだろう。

＊7　ここに鳴っている琴のような水音とは、壺の中に竹筒を入れて水滴を落とす壺中琴のたぐいか。それを増幅しているらしい。

＊9　池の噴水によって空に描かれる「水彩画」はコンピューターにインプットされており、風と光の偶然がそれにどのように働くか、マージナル氏の流麗な書法がうかがわれる。

＊11　この藪だけが放置されているのはなぜか。不機嫌に目をそらすマージナル氏の汚点

＊2　チターの置いてある東屋はみみずより小さく見えるが、遠近法的観念の反措定として納得できよう。

＊4　日没に一瞬だけ輝く塑像は射光の角度と波長に共鳴する月光石の一種で作られているのか。

＊6　菱形の花壇はその本数によって汎魔方陣になっているのが読みとれる。

＊8　永遠に素手でキャッチボールをつづけている二人の青年は何の刑罰か明るい笑い声がふしぎだ。

＊10　年に一度、虚構の園遊会が開かれるが、招かれるのは過去の人ばかりと、推測される。

＊12　ここでの付き人の会話はマージナル氏の母親と姉への奇妙な畏怖を表わしている。

＊14　紙飛行機がとぶのは老人の目の裏の病いであろう。

として存在しつづける。
＊13　「蝿たたきの刑」は不明。尻か百の誤りか。
＊15　四季の間にかならず無季と呼ぶ灰色のカーテンが降りる日がある。
＊17　（どこまでも肉体的に屋根である）ことは、この場合、即興的骨格につながる。
＊19　この眠りは意識の底に落ちていく、心地よい覚醒という逆説に思える。
＊16　滑稽な老人と受けとるのは単純にすぎる。作者は一筋でないマージナル氏の策謀の一端をのぞかせている、と見るべきだ。
＊18　「掌中に出来ない庭」については後述。
＊20　ここで老人の見る垂直的な夢は破砕への予感にみちている。
＊21　石病みは石暗みのアナロジー。
＊22　塞がれた通路は双球の接点を示唆する。
＊23　花には花のまじわりがある、とは一連目の「樹の凍える性器」を受けている。
＊24　この庭全体が凸面をなしており、くるくると倒立する無数の庭であるのを想像するに、シャボン玉のアスペクトと思えば解りやすいか。
＊25　「終わりの藪」に火を放ったのは誰か？　ひれ伏す付人か、明快さだけを好む青年か、「鳥のように甲高い悲鳴をあげる」マージナル氏か、あるいは過去の母親や姉の意志か、もう一人残るは作者？　だがどの答えも正しく、誤っている。
＊26　火を吹き、落ちながら割れる庭、この庭自身の生成を滅亡愛《タナトフィリー》と解読する人もいるが、否定は出来ない。

（『4×4=16　月の故買屋』一九八九年紙鳶社刊）

詩集〈流れつきしものの〉から

笑いのsi論

縞模様の笑いは春の朝の床屋である
　　　　（とsi論を書き起こすなら
尻上がりの笑いはドップラー氏の屁である
　　　　　（と応じる他ないが
沈んだ笑いは〃泉〃の小銭である
　　　　（ここに3％が生きればいい
仕合わせに笑うのはかっこうの母親である
　　　　　（無責任をよそおい
飼育された笑いは日向の販売機である
　　　　　（と干涸びるのは不味い
少食な笑いは大喰いな涙の溺死体である
　　　　　（は括弧のなかに納め
真実の陰画は笑いの肝煎りである
　　　　（の一連をオクターブ上げて
虐げられた笑いは極上の茶である
　　　　（ところで小休止するとして
シンメトリックな笑いは手洗いの造花である
　　　　　（のをしばし鑑賞
しんどい笑いは裏腹のスポンジである
　　　　　（と仕切り直してからも
辛辣な笑いは偽悪の空の神経痛である
　　　　（ところへ痛み続くのは
師もしくは死の笑いが絶対の不在証明である
　　　　（からか、さあれ
シラけた笑いはファミこんの曲りかドにソっと立つ夕暮
レ　　　　　　　　　　　　　　　　　　　（と
しか終わらないのはまったくの不始末である

九尾のガラス

火　の乳房で育てられたガラスは

溶　ける舌が舐め均らした白熱の夢中《ユメナカ》
粘　性の哀しみを引き伸し
色　青ざめた手をおく
透　化する時のかがやき
映　えるものすべてに慰めを与え
明　晰を付し
鋭　角に笑いくずれる
割　れても割りきれぬかけらをのこし
た　幻覚《ママ》

Blue Noise（抄）

Blue Noise

小さなガス燈のためいきのようにゆらぎ
ひらいた瞬間
（九十《つく》九《も》の）花びら噴きあげる

星形の
かすかにうすい青の透く
（花）

あえかな月
おきしどーるの庭
盲目の天使が（痛み分け）

　　聴く
　　　Blue Noise
　　　　Blue Noise

Blue Noise
　Blue Noise

（1990　'91　'92　'93……）
不安よ
せめてゆるやかに過ぎてよ

てんごくの
植物図譜にものらぬ
異端の花が
（こう　先急ぐのは困ったことだ）
と　天使は鼻を鳴らして

また　一服

晴れ
うすい爪で桃の皮をめくっている女の
（欲望が指を伝ってはだかになる

じきに甲高い笑いがはじけそうな
窓辺
　夏草の下に
　　自転車の空気入れが
　　耳を塞いで倒れている

かんなちゃん
あずさちゃん
　　サーカスへゆきましょう

青いレースのワンピース
　　双児の老婆が
　　手をつないで出掛ける

浮世
　の
　　晴れ魔

なしくずしの影は

のぺらのぺら
　　　　曳かれていく

記憶

記憶の中心にあるブランク
『……ゆき』とだけ
こわれたネオンサインがひかっている
ただごとでない青

ブルー　トレインは
時間のつぼみを割って
発車する
いましも　ためいきのように

ガガムシャ　ガガムシャ
耳の穴からはみだした
レールが一本　よじれ
しわくちゃ
上の空で　つっぱって

まるで逆さの町を
歩いていくようだ
青い蝶のひらひらと
はいだしてくる
　　　　「strange places」
電線に
無数の靴音がとまっている

赤目

音たてて
ひとりが
ひとりに流れこむ
組手の手
しんぶつの入る余地なく
（あたたかなものを
　握ってる
（あたたかなものに
　握られてる

ひとりが
ひとりをかけめぐる
波紋の
中心《しん》に　きわに
ぎるろーん
赤目がひらく
（やばい眼がやばい眼を
　なだめていく
嚥下して
そっとゆううつ完成する

解体

月夜なのに
首ったけのひと
の話の筋道が
とんと判らなくなり
でも
判ったふりして
とぼとぼ
とぼっていると
いきなりうしろから
はねられた

ちらっと見た白ナンバー
たしかあれが横車……

耳はあっち
目はこっち
手足は天地無用で
平たく
笑っている

girigaricanarimanarischarbai（抄）

その日は、運命の女神のほほえむ日
（祝祭日）だった

giri?
女神は木の上で仰云った
　木はわけがわからずノンと答えた
girigari?
女神は鈴を鳴らすように仰云った
　木はますますわからずノンノンと答えた
girigaricanari?
女神は豊満な胸をゆすって仰云った
　木はあわててノンノンノンと答えた
girigaricanarimanari?
女神はうつくしい唇を近寄せて仰云った
　木は然るべく間を空けてノンと答えた
girigaricanarimanarischarbai?
女神は金の瞳を全開して仰云った
　かんねんの目を閉じた木は哀れにもつぶやいた

Okini mesu mama

＊こうして、girigaricanarimanarischarbai された木は女神の深窓の鳥籠のなかで瞑想に入った。
＊このタイトルはモーツァルトがミュンヘンを訪れた時にもらったパントマイムのチラシにある題名。

偽
書を閉じ

サレバ偽
書ヲ閉ジ
砂
地ニ過
去ヲモミ消ス
虚
空ノ指ガアル

ソハ
蹲るものたちのなかで偽ノ者であり、
蠢くものたちのなかで偽ノ者であり、
怒りに於いて、悲しみに於いて、
赦しに於いて、つねに
偽ノ札つきである。

点滅スル
豆
球ノ
闇ニ悶
絶スル
猿ノ
白眼
ソハ
空白のものたちのなかで偽ノ者であり、
色づくものたちのなかで偽ノ者であり、
吠えることに倦み、笑うことに萎え、
眠る間もうつつ、その仮り宿を
半焼けにした、まぎれもない
偽ノ Home less である。

サハレ
養生中ノ
芝
目ニ
爛々と変
質スル水
準器ナル耳
ソハ
後世の手首を切る、剃刀ほどの偽
書を内懐にしのばせる
笑国の、只者に他ならない。

『禁帯出』

（『流れつきしものの』一九九一年思潮社刊）

詩集〈開演前〉から

十二指のホロロンカ

序　藍色の暮色が深まるにつれ、架空庭園の南辺のしずもる湖のほとりにはたしかに目にみえぬ精霊の気配が満ちみちてきた。熾天使セラピムをはじめ、九位階の大天使にいたるまで、思い思いに芝草の先に降り立ち、翼をたたむ羽擦れや吐息、それにかすかな香気が薫っていた。やがて、山の端に月がのぞくとき、鐘とともに十二指で名高いハープ奏者が揺曳の小船に乗り移った。桃源の霞からにじみ出るかの、天使たちの童べうたが金銀のさざ波で船を送る。

秋の骨牌《カード》が空《くう》に散る
秋の骨牌《カード》が奏でる鈴か
秋の骨牌《カード》のホロロンカ
秋の骨牌《カード》の骨がなる

秋の骨牌《カード》は身をくずし
秋の骨牌《カード》は浮き草稼業
秋の骨牌《カード》の手燭ゆれ
秋の骨牌《カード》のいりまじる
秋の骨牌《カード》に令状きたと
秋の骨牌《カード》をおどす五日月《ごろつき》
秋の骨牌《カード》は耳を伏せ
秋の骨牌《カード》は消えちゃった

四分三十三秒の欠滞　年古りたGRAND PIANOによる

心機の蓋を開けてみる　一一一一一一一一一一一一一一
一一一一一一一一一一一一
　　　　　　　　一一一一一一一一一一一一一
　　　　　　　　　　　　　　　　　　一一一一　一一
　一一一一一一一一一一一一
　　　　　　　　一一一一一一一一一一一一一一一一一
　　　　一一

ーーーーーーーーーー　ーーーーーーーーー
ーー　ーーーーーーーー
　ーーーー　　ーー
　　ーー　ー　　　　　　神の手で蓋が閉じられる

幽玄　Violin と Violoncello の二重奏

●↑○●黒の衣装、白の衣装を纏った二人の奏者は対峙して演奏する↓譜面は囲碁の対局の実戦譜を九倍速で映写するスクリーンである○→碁盤は天元をA音とし、グラフ化されており、Y軸は上行下行に○○順次半音階的移行を示すものとする●↓●←また、X軸は漸強漸弱を示すものである一手で示された音高は次手が打たれるまで引き延ばされるものなれど↓●○深層のダイナミスムにゆらぎ、くらみ、かすれるはむしろ可也先手から次手へ時分の経過を告らせる聲は演奏に加うる擬声部となる○終局の寄せにおいては、演奏はクラスターとなりふたりの奏者は←●↓自領域を可能なかぎりうめつくすのが望まれる○●過ぐる年の名局譜に借りるこの一曲を、云うまでもなく↑○●←○奏者は初見で臨まねばならない

旋法の庭　朝に

赤面する
山の端から
夜がはがれおち
存在《ものみな》を容れる
　音の器　庭
その跛形
　聖性に
　　樹雨《きさめ》ふる
（熱い澄んだ目と出会ったことから）
遊子たち　シャラシャラと

楽府の虫を目覚めさせる
庭は素朴な耳
　　鬟を立て
　　古い記憶の
　　　　声色師を想う
(どこまでが夢説か)
　　バラは無駄咲き
　　　めまいつづける
反転《どんでん》の　庭面に
　　金茶の壺を曳くヴァイオリン虫
ふりきられる
　　　　宴《うたげ》　つ　ゆ

旋法の庭　夕べに

中庭のちいさな草花のかげ
みみずが身づくろい　お喋りしている

王妃は奏楽から戻られましたか
いえいえまだ湖のほうに居られるはずですよ

円花窓に山鳩が三羽
夕陽をあびてうつむいている

あの繻子の靴から生えた緑のおみあしのなんて美しいこと
透きとおる葉脈はうすばかげろうのよう
まもなくしとど濡れた水草をまとって帰られることでしょう

朽ちた聖堂の
壁をなぜてゆくのは

湖に沈んだパイプオルガンの夕べの祈り
　王妃は崩れおちた館の下に衣裳室を何十とお持ちで
　でも素肌のみたまはお靴だけを履きかえて通われる
前世紀の翳が臘のようにしたたりうずくまる
回廊
水底の藻の匂いがすうーっとひとすじに
渡ってゆく
　　肉体を離れてもう何千年になりますかの……
このはづくが時鐘を鳴らす
昏睡のような一日

壱ノ舞

蝶

、
ふらっと
薄
や
み
、
蜘蛛の巣に桜のはなびら
は
ず
れ
、
それは精神の用件です
鞦
韆
の
、
欄外は
肩
口
で
、
奇想にいろどられ
壱
ノ

扇、しずむ、かなた、漂卵の、翳す

糸引くほどに愛しておりましょう

とある罠　幻の方尖碑《オベリスク》

空に吸われてしまうもの

Papillons noirs（憂愁）ばかり

〈dent〉

港《アデン》　ノ　駅舎　ノ　カンテラ　ガ　頬　カブリ　〈奇歯
…一本　ノミ　ヒカラ　セル
果糖　漬ケ　ノ　壜　ニ　〈奇歯…二本　ヴァイオリン
セロ　ノ　絲巻キ　モ　何個　カ
ハジ　カレタ　太陽　ト　〈奇歯…三本　藁　ノ　馬
ヲ　東方　ヘ　走ラ　セ
野営　スル　サミダレ　タ　天使タチ　ノ　黄色　イ
〈奇歯…四本　サザメキ
風砂　燃　エ　〈奇歯…二本　千鳥編み目　ノ　オン
ナ　ノ　脛　ガ　倒立　ス
クチナシ　ト　尼僧帽《コルネット》　ノ　影　ノ　滲ミ　デテ　ユ
ク　魚卵図　〈マルセイユ　発

兵卒　ノ　右脚　ノ　断面《キリクチ》　カラ　哄笑　ノ　火花　吹
　キ　アゲ　テ〈送リ状

　＊〈　はランボー最後の送り状から

〈dance〉

あらやだわ　またこけた
ほらみてみて　またこけた

悲願の前夜に
デスペラートな喜劇を演じます

道化らの　ほのおの靴が
ダンス　ダンス

はだかの王様

恋が下手
相手は上手でお見通し
ウソ八百を並べても
一人は
ちりぢり
二人は
とちり
三人あがって
四人ぬけ
五人はとんだ藪のなか
六人追いかけ深手負い
七人八人火だるまで
九人
そろって消しました

お国は火の海
スクリュー　ダンス

まわれまわれ

おわりとはじまり
互いのしっぽをつかまえそこねて
泣いてるの　笑ってるの

アホまたこけて
ダンス　ダンス

＊〈dent〉と〈dance〉は円形舞台上、背中を対峙して奏される。たとえば、dedentedanten、あるいは、tandencededenのごとく、混入して。

春の弟子たち

気も顚倒するとき
春がうららと声をかける
ふりむくな　ヒクシ・ヘクシ

生垣の蔭
本日開花と
身をひくくしてくぐり
遁げのびよ　ヒクシ・ヘクシ

おー　かくもまく
不時の収縮
火をはらむ
縞の楽隊が行く
天幕がゆれる
海鳴りが近くなる
昼のポーが泡立つ

きのうやきょうに
生まれたわけじゃない
愚者　ヒクシ・ヘクシ
ああかこうか忖度してはならぬ
見たことには口を閉ざし
胸郭の樹下闇に

ひとつずつ
ぼんぼりを吊しておけ
すぐに呼吸も楽になる
水搔きも生えてくる

投身癖をこらえて　ヒクシ・ヘクシよ
「今晩は」愛想よく
海月のように游弋せよ
どうぞそのままに　そのままに

*ヒクシ・ヘクシはドイツのシャックリを止めるおまじないに出てくる。

悲痛音階による下降線上のアリア
紙魚《しみは》咳音《せきこみ》
鶏冠《とさか》揺音《ゆれ》

桜皮裂音《おうひばりりや》
脳微分音《びぶんするじぶんする》
釉薬睡音《とけねむるえざらに》
雪庇寥音《せっぴりょうりょう》
暁闇吃音《あかつきはまだかいな》
義手く音《かぎのてにまがる》
巻貝扇音《おうぎをひらきとじ》
弾倉鼻音《たまこめるはなさきへ》
廻船促音《へさきまわしてはよはよと》
序詞消音《もうまくらべにおともなきゆめ》

夜半楽

王の威令《オカミノフレニャ》の行き及ばぬところなき《ネコイッピキサカラエネエジデエノコト》御世、王伯《アルムラニ》王母と呼ばれる《オウハクオウボッツウ》つつましき夫婦あり《オヤゲネエメオトアッテヨ》。ある日この王母《アルヒコノカカア》、天より降る《ソラカラフッテキタ》鼓を《テエコヲ》夢の胎内にうけ《ユメノナカデハランジマッテ》、ひとり子を身籠もりぬ《ツイデニコマデヒリダシタッテイウベ》。その子は《ソンデモッテコノ》天鼓と名付けられ《コハテンコッツウナメエッケラレ》、天より授かる鼓をよくし《テエコヲブタセリャウメエノナンノ》、打つ《ネエロハ》音色《イママ》幻《デニ》妙にして異例《キイタコトモネエ》なり《テンニョノヘサァネ》。たちまち噂は《ウワサハハア》内裏にも聞こえしか《オカミノミミニタッシテヨ》、帝は《ミカドハ》かの鼓を召さんと勅使をつかわせり《コノテエコヲトリアゲベエトスグニモツケエヲダシタトヨ》。身を裂くほどに切なく《ソリャハラワタヒッチャブルクレエセツネエダンベ》、天鼓は鼓を抱きて《テンコハテエコデーテ》逃れるも《ヌゲタハエガ》、山中ついに縛され《ヤマンナカデヒッツカマッテ》、呂水の《テエコウバワレ》川藻となり果てぬ《シゲエハ　トネノフカミニドボンダァネ》。その後《ソノアト》、目も綾な阿房殿《ゴウギナウツケデンツウトコロ》に据えられたる《ニハコバレタ》鼓《コノテエコ》、この主なきうつろは《マルッキリ》いかなる名うて《カワウソノツラヨドンナメエジンヲヨバッテモ　ダンマリ》にも一聲も発せず《キメコンデ　ナルモンカイナ》、「鳴らしてみよ！」《ナラシテミネエ　ト》苛立つ宣旨は《ヨビダシハスットンデ》走《マタジ》り王伯のもとに《イサンチヘキタトヨ》。涙のかわく間もなき袂をはらい《ナミダデグショグショノ　キモンヲキケエテ》、老父《トショー》は口ごもりつつ《リハナンテコッタナンテコッタ》、おそるおそるに仕候する《オッカナビックリニ　イッタンダベサ》。口惜しき恨《ウラミツラミハフケエ》み《ガ》にまさるは、天の鼓にまみえる喜び《セガレノカタワレニアエルッツウウレシサモチットンベエアラーネ》、おおわが子よ！《アア　オラガノテンコ》欷りなくこの父の《テテオヤノ》胸内に聴いてか《セツネエハラワタ　カンジタカ》、湯浴みさせし掌の温《ウブーユツカアシタフシクレノアッタカ》みおぼえてか《ミオメエダシタカ》、鼓は虚空を破りぽんと発せり《テエコハイッパツデ　コテエタトヨ》、続いてたんたんと《ソイカラダンダンヨウナッテ》、老いた手の間からこぼれし妙音《トショーリノ　テトハオモエネエ　エエオトダシタンダベ》、泉より出でたる《フントイズミミテエニワキタチ》虹のごとくに立ちのぼりたり《フントニジミテエニソラヘアガッタンダト》。心いと澄みて帝は《ヨッポドキブンエクシタンダベ　オカ》数々の褒美をとらせ給い王伯を帰しぬ《ミハイッペエノホウビクレテ　ジイサマヲケエシテクレタンダト》。その背見送る楼《ソンデモ　シロノテッペンジャ》閣の烏《ア　カラスメガ》、夕闇せまる天と地と呼びかう悲響やまず《バンゲニモケエラズ　アッチ　コッチカナシゲニナキカワシテヨ》、たなびく羊雲もふるえ乱れて弱法師《ヒツジグモセエ　ヘンナグエーニ　ヨタッチマッテヨ》。やがてひとつに束ねた《ヤガテ　イッソクニナッタ》る超音稲妻のごと折れ走り《モノスゲエピカリガスットビハシリ》、伽藍を断ち現われたるは天《テンジョヲブッサキ　ナントソノナカカラアラワレタ》鼓の魚《ハヘンゲノウオ》。金の尾鰭打ちふりて《キンノオッポフッテフッテ》、打ちふりて鼓を鳴らし《テエコタテエテ　フエマデ　マジッテ》、笛を呼び、呂水の波を呼びさましたり《トネノアラナミヨビコンダタア　エレエコッチャ》。さしも贅を尽く《アンナフニ　エバリチラシタ》せし累代は滔々の流れにのまれ跡形もなく《テンチョーサマモ　サカマクトネニヤア　カナイッコネーベサ　ハントキモシネエニナンモカモ》、夜更けて川《サッパリシタ》は治まりぬ《モンヨ》。月を映す水鏡の淵に鼓は沈みおり《ツキベエウツシテ　ソラットボケルカワゾコデ　テエコハエエキブン》、秋は闌《アキノヨナガ》、管絃講のさざめき色立ち《ヲアッチコッチノナカマヨバッテ》、天の鼓のうれしげに、げにうれしげに《ピーヒャラトントンピーヒャラトン　ウナギモナマズモムシロバタフッテオドッタトヨ》。

＊能楽「天鼓」による上州の變

（『開演前』一九九五年書肆山田刊）

詩集〈CARDS〉から

ヒカゲトンボ

青い風のまなざし
青い椅子の聞き耳
青い果物皿の欠けたふち

時が自習する
破線の行く手に
かげろう
青の末裔
きのう　見たでしょ
いいえ　見ませんでした

二十世紀に絶滅した
青いシラブル
帽子のひさしに止って
すぐ落ちた

カメレオン

カメレオンの眼球は
三七〇度の旅をする
ふくざつに
海の色が変るから
森の声が波打つから
終日
うつくしい影に
眼がまわる
いるいらない
いるいらない
日輪より速くすべるので
その影をつかめない
一日が
ずれたまま

夜を熱く抱きしめる

チンアナゴ

蛍光の淡い光がそそぐ
人工の器はかなしい

終りのない真昼
砂床の毛穴からわき出した
チンアナゴが
時を失った紐のように
ゆれている
お互いに
にょろ
にょろ
目だけで尋ね合う

永遠は
終ってみなければ見つからない

タツノオトシゴ

三小節の
旋律は
隠者の落としご
裏拍で
曲がらなきゃ
やってらんねえ
∫節《トコトン》

シロフクロウ

六月の
太陽は沈まず
地平線を横に移動する

白夜の森
針葉樹の枝枝は
沈黙の秤をかすかに揺らし
シロフクロウは満月の目を見張る
幸運の昏い影が這い出るとき
つばさは音もなく舞い降り
惨劇はいっしゅんにして
枝に復る
聖者の席が
横に数ミリずれ
森は
なにごともなく
浄夜

アイオイクラゲ

ひとつの意思
いや　数千個の感情
群れか　個体か
水深四百米を
糸のようにただよい
粒子のようにつぶやく
ちぎれた半島が
生き残る　唯一のかたち
さよならの後ろ姿が
流れていく

コウモリダコ

頭部をすっぽり覆う
大風呂敷の皮膜の奥から
いきなり贋の眼が
金色のサーチライトを発する
そこから光量を
ほそくほそく絞っていき
敵に

目の前の餌が遠ざかったと見せる
妖術使い
平時には
傘をすぼめ
深海の散策にでかける
疑ぐり深い老人の
エメラルドにうるんだ眼
遠近法の老画家は
また生きのびてしまった

テテノポポロンチノ

表も裏も
見事な紫
それはまぎれもない高貴のしるし
雌牛の乳房に黄金の雨をふらせ
きょう新たに辞書という辞書に書き加えられる
テテノポポロンチノ

透明な石臼をまわす
テテノとポポロンチノの愛の結晶
秋のテーブルに欠かせない
三つ星の果実酒
菌類のねばねば
生れたての祈り
多産につぐ多産でおどろかす
テテノポポロンチノ
くすぐると
表裏をひっくり返して
淡いピンクになる

スカンポ

たとえば移り気な
スカンポの場合
きもちよく根付くためには
雨は少なめがいい

また　お日さまは斜めから
できれば柔肌を焦がさぬほどがいい
夜ともなれば
スカンポのまつげは
数奇にふるえ
満天の星空へ
弓なりに
のびていく

クチナシ

果肉が熟しても
口を開かぬという
内実から
その香りはにじみでる
ひたすら想いつめることで
いやな匂いを発するものもあるが
秘密なんて泥饅頭さ

戦場の兵士たち
閉じた口のなかに
ひとつならぬ
美談をくわえて
しらじらと
空を仰ぐ

クリオネ

ゼリー状の
半透明なからだに
青と桃色の内臓が透ける
ふたつの浄化装置は
パピプペポ
ラリルレロ
透明なかいなを無心に泳がせて
どこへいく

かみさまの
忘れ物を取りに帰る
子供のように
ふりむきもせず

ワカレネズミ

生まれ落ちたときから
別れを言うために会いにきた
齧歯類もどき

八の字に眉を下げ
四方山話に耳をかたむけ
細いしっぽは東西を占い
おひねりは有難く受け
あとは晴れ晴れと
よきに計らえ

帰る場所も知らず
帰る時も知らず
ただ別れの挨拶ばかり達者になる

ミズトリ

不況なんてどこ吹く風
涼しげに
水面を滑る
相変わらずの気取りやさん
水面下で必死に
足掻いている
のに

ヒマワリ

どこまでも
黄色黄色黄色黄
色黄色黄色黄色黄
色の畑
かけがえのない
笑顔をだきしめ
刈り取られた一束を
花瓶に挿すと
太陽を吸いつくした
重い仮面
うなだれて
狂気の種をひとつぶ
吐いた

オンドリ

鶏冠の
黙想は
革命の旗じるし
砂を摑む
黄色い爪が
地球を吊り上げるのはいつか
朝まだき
駘蕩をやぶる
一声に
応えるものはないが
鶏小屋は
いっしゅん
赤くそまる

クルミ

思惟の
蜜蠟で封印された
核がふたつに展かれる

sotto voce の室内楽
幾重にも巻かれた絵巻
一日二十五時の相聞

マイナスの世紀を閉じこめた
右脳と左脳が
太陽に直視され
生牡蠣のようにふるえている

ガラガラヘビ

哀れなやつだよ
とおに毒気を抜かれているのに
石の蔭から
シュウシュウ
毒舌吐いて
素敵な衣装も色あせた
まったく遣る瀬ない
ただの紐になっちまった
カラカラヘビよ
いっしょに唄おうと
やってきたのに
遺憾です

ヒロバカレハ

気だるい秋のはじめ
はらはらと庭木にとまる
一葉

赤茶色にむらさき
微妙な灰色も溶けまじる
古代染め
呪われた僧のような
臈たけた衣裳を
小枝に展く

挽歌ただよう
季節の回廊に
伏せられた
ものがたりが
巻取られる

ナマケモノ

また春がきて
樹にぶらさがり
緩慢にゆれている

年老いた
こころの羽が
右の傷痕
左の傷痕
交互にふれる
むずがゆい
春だが
かさぶたを
かきむしるのも億劫だ
向こうの梢で
逆さまに見てる
おまえ
なに考えてる?
あんたとおなじこと

カニ

前に出ようなんて考えたこともない

泡正しく
生涯を横切る

アメンボ

待ち合わせたのは
たしかあの木の根元

まわりの景色が動くので
わたしの位置が確認できない

草が揺れている
日が傾く
半月の夜
砂金採りと約束した
河のポイント

空と水を繋ぐ一点に

危うい感覚を映して

月が歪んでいる
わたしが傾く

アリ

「左の二番目の足から歩きだす」
モリカズさんちのアリンゴ
庭の主の
慈しみ
深い眼は裏切れない
じっと見られていると
左の
二番目が
痙攣してくる

＊熊谷守一氏の観察による

アマガエル

畦の
韻を踏み
待ち
構える
つるつる頭
下郎下郎と
呼び捨てる
五月
雨がしぶしぶやってくる

ホタルイカ

夜の海から
引きあげた
青くひかる宝石は
情の墨をいだいて

チチと哭く

酢みその洗礼
箸の割礼
喉元をするりと越えた
そこもまた荒々しい海だ

シマウマ

黒地に白
よこじまたてじまが
指紋のようにまじわる
美しすぎる意匠
目立ちたいのか
目立ちたくないのか
木漏れ陽にまぎれて
ほっと一息
秋風が運ぶ

母の教え給いし歌は
お逃げなさい
お逃げなさい
しましまの中に
お逃げなさい

シミ

紙魚は
図書館のねずみか
モンスターか
とうとう
聖書まで食ってしまった
黴臭い書庫で
しみじみ
見つめあう
年とった淋しさは
格別

モモ

モモはだれにも明かせない
とても大事なものを
隠している

秘密は
秘密のおもさに釣り合う
意思の薄皮で包み
弦楽のしずくのような
果糖をはぐくむ

季節は盛り
ある朝
モモは夢のさなかで
ふいにもぎ取られ

収穫の手籠は
初々しい羞恥に染まる

ヒトヨダケ

虚無僧よ
一夜だけ
なんて言わず
百夜まで
通ってよ
粘菌
あげるから

カマキリ

ふり上げても
ふり上げても
潰される
運命
それでも
ほそぼそと
抵抗の種はのこった
斧々方
ふりあげる数で
世の中
少しは変るかも

サボテン

棘の内に
枯れることのない
季節を隠して
そしらぬ顔
咲くことを求められず
そこにあることを
見過ごされる
鉢植えの
ちいさな呪脂

世界の縁側で波立つ
感情の瘤を引き受け
夜に肥える
ときに　思わず
咲いてしまうこともある

ローバイ

蠟細工の
光沢をもつ
黄色いちいさな蕾
枝にぷちん
ぷちんと泊まって
百八の梵鐘をきいている

いのちのかなしみは
封蠟の小壺に秘匿され
年明けて
慈愛の蜜にかわると云う
それとなく芽出たさに
背きたくなる
師走

オオサンショウ

川の流れの
変化と匂いで
魚を読みとって捕えるという
視力のほとんどない
生きた化石

渓流は
残月を掬い
うしろへうしろへと廻す
三千万年のラグビー

たった百年が
なんぞ死を急ぐことあらむ
なんぞ生を足掻くことあらむ

ホッ、

ホッ、に出会う
　ホッ、はおやおや、
　　これはこれは、と照れる

それから
　ごましおまじりの
　　頭に手をやり

感性を満
　開にして

時を超えた
傘をさしかけてくれる
それだけで
　　ホッ、とする

ありのままの
珍種

ハマグリ

はまぐり　　　　ひだまり
　すなはく　　　ぐりはま
　　はずれて　　ちぢんで
　　　ぐれるか　いあわせ
　　　　たみなし　あんぐり

ジョーカー

時間の泡に
浄められたものは
象のようで象ではない
虫のようだが虫ではない
かつて冬瓜のようでもあり
ココナッツのようでもあった
太古には宇宙に舞うノイズであったか
創世の記憶はうすれるにまかせるがいい
いまそれと名指せるものではなく
なにものでもありなにものでもない
われらが兄弟ツキヨミの切ない
鼓動が産み落とした遺児その
しなやかな骨片を掬う
見えない縄梯子に
それぞれ違って
燦めいている

(『CARDS』二〇〇六年風狂舎刊)

詩集〈ドン・キホーテ異聞〉全篇

序詞　Don Quijote の i について

i は主語の i ではない
i は部分でも全体でもない
i はうしろを振り向かない
i は正規の資格を持たない
i は線で二画で一角獣で
i は孤立をおそれない
i は絶壁でも燈台でもなく
i は語り草でも蚊柱でもない
i はひとつの解釈に九九れない
i は書物の虚実を疑わない
i は愛するものを拒まない
i は存在のなかの不審物
i は取りついたら離れない

うなぎ

口上

某の名はドン・キホーテ・デ・ラ・マンチャ。これなる従者はサンチョ・パンサと申すもの。古里をいでて遍歴の旅のさなかに白衣の貴婦人方の前でこのような醜態をお見せするとは、某、頭が多少痛みはするがお気遣いにはおよびませぬ。それより、こやつがくるぶしを痛めた様子。膏薬と当て木を持ってきてくださらぬか。なんせ、うなぎはぬめりたくって階段まで押し寄せ、我らが足をすくったのでござる。

騎士《ドン》はちょうど貧血と鬱血の端境期にあった。従士《サンチョ》は城下町のうなぎ屋に案内したが、長靴を脱がせさらに甲冑を脱がせるのに手間どった。二階に上がるその間にも騎士は鼻をぴくぴく、目をきょろきょろ、日本家屋のなぞめいたおもむきを検証する。

——娼家ではあるまいな

……ご安心くだせい、うなぎと申す滅法うめえ川魚を喰わせる店で、観光ガイドに三つ星とありやす

——ほう、ここに木の切れ端があるぞ

……割箸と申しまして、これをふたつに割いて喰い物を挟んで口に運ぶのが仕来りとごぜえやす

——ナイフとフォークはないのか

……木と紙づくしの島でござんすから

——黄金の国と聞いたが、違ったか

……黄金は箔にして大仏の衣装や貴賓の間を飾るばかりで、庶民には縁遠いんすよ

——いずこも同じじゃな、農民は木の枝を削って様々に用立てるものよ、それにしても「うな重」とやら遅いではないか

……客がきてから活きたうなぎを割いて炭火で焼くので、その間この香りを楽しむのでがんす。仔山羊よりも結構な味がするにちがいねえ、向っ腹がおどりだすじゃござんせんか

——待たせるのが当たり前だと　客は神さまと聞いたが

……うなぎの神さまはここの主人でやす。捕らえどころのないうなぎの首根っこに一瞬で釘をさし、天国

に送る神業だそうで
——おお、その釘とわしの槍とどちらが素早いか、試してみよう
……そりゃいけねえ、旦那さま、競う相手がちがうざんしょ
引き止める従士と気負い立つ騎士はくんづほぐれつ階段を転がり落ちていった

曲鼠《くせねずみ》

四月に真冬の木枯らし　啓蟄の虫がうろたえ飛びこんでくる　提灯もふるえる樹間に白塗りが　隈どりが　青面が行き交う　今年の舞台は長い　櫻が見得をきる　花道で　暫　しばらくと聲かける曲鼠もいて　奈落で目覚めた蟹が　気まぐれな　春の心棒を廻している

（ト書）

柱のうら、梁のかげ、床下から
噂を集めた忍びの鼠が
　舞台の天井裏にかけあがる
——ドン・キホーテがまたやらかしたぞ
——動物園でライオンの檻を開けちまった
——それで喰われちまったか
——折しもライオンは好物のヒユを食べていた
——それでどうなった？

（ト書）
鼠たちがささやき合う
瓦が片耳をそばだてたので
庇が池之端のほうへすこし傾く

——ライオンはおこったろ
——名乗る間もなく爪の一撃をくらったか
——いやいや尻を向けて無視したのさ
——詩人は同類に会うのをきらうからな

（卜書）
ライオンが詩人と聞いて
韻より四股をふんだほうがましだ
大黒柱が笑った

——「やあやあ我こそは」とドン・キホーテは吠えたろ
——騎士は向かってくるものにだけ手向かうのだと
——でどうした
——後ろ姿に慇懃なあいさつをして立ち去ったとさ
——檻のとびらは開けっぱなしでか

（卜書）
巨人の眼と間違えられたらコトだ
鼠の小頭はあわてて入り口のネオンサインを消した
闇の中に赤目だけがひかっている

大曲

某が間違ってたとは思わない。天地が吠えたそのとき、魔術の煙幕のむこうに、たしかに姫の手が見えたのだ。一瞬、わが心臓は歪み息止まり、唇は上と下に別れてしまった。

なんだこれは、空が裂けた！　天空の異変だ！

ここは花火師と申す業師がそれぞれ腕を競う競技場でがんす
旦那さまの騎士道と似たようなものでがんしょ

腕を競って姫を娶ろうというのか
さすれば　この幾筋もの光の糸は囚われの姫の涙
このはらわたに響く音は姫の救いをもとめる悲鳴か
無法の城主はいずこに？

河向こうの葉隠れに仕掛けがあるようで　旦那さま

これはすべて化合物のなせるイリュージョンでがんす

つべこべ申すな　妖術にたぶらかされたか
サンチョよ
その長い舌で眉をなめておるがいい
現象のうらに真実は隠されている
うるわしの姫が呼ぶ　いざイリュージョン城へ！

流れに馬をすすめる騎士はドドンドンと跳ね
ヤアヤアとわめいて流されていった

エコー

白い魔法使いと黒い魔法使いがいる。
人は兎角、色にまどわされるが、鴉が黒いとはかぎらない。鳩が平和とはかぎらない。
木漏れ陽の中に白と黒の鍵盤のような鳥もいる。

渓谷はもの思わせるところ
清らなせせらぎにふと口をついてでた
《川のニンフら、悲しげな濡れたエコー》*1
騎士がひと節つぶやくと
向かいの樹間で小鳥が囀りはじめた

esdges cisb-b-b
esdges cisb-b-b

悲しみも憂いも知らぬ魔法使いよ
fagd-hab eisd ahaha

なにをたぶらかそうとて現れるのか
gdisgdis-gec-c-c gdis

ニンフらの恋のセレナーデをきけ
eisd ahahacisb-b-bash

かぐわしき姫へのわが捧げもの

fagd-hab eeh gesas-afis

邪悪な鳥めがまたつつきにくる
　c-c-e hba-cisc-c-eash-eash

だまれだまれ　まね鳥め！
騎士が槍をかまえると
さっと飛び立った邪舞邪舞鳥《ジャブジャブチョウ》＊2

　hba-gisgfis-fedisd-cisc

濡れたエコーを十二色に染め分け
消えた

＊1　《　》内はドン・キホーテの詩句
＊2　『鏡の国のアリス』矢川澄子訳語による

観光案内

海を一枚めくると
丘の上のバス停だった
狭間で郭公が鳴いていた
矢印にしたがうと
すぐそこに歴史上最古の
セルバンテス教会があった

　裏ニオマワリ下サレ

扉に貼られた
張り紙が剝がれそう
蜜蠟と風がせめぎあっている
蜂が耳をかすめる
くもの巣をはらいながら横手へ

　忍耐　ソシテカードヲ切レ

横倒しの看板を起こして

わきに寄せ
正気狂気の境目の
なお曖昧な小道をゆくと

ココロハ暗イ穴ノドコニ

地を這う
文字列に足をとられた
兵隊蟻が地下へ地下へ
とめどなくもぐっていくのを見る

運命ノ風ガ私ヲ押シ進メル

石壁の落書きを読んでいると
いきなり鳥の羽撃きに
おどろかされた
仰ぐと金盥を伏せたような大屋根に
足輪をつけた
大鴉が止まっている

ウラァ　ウラァ　ウラァ

一声ごとに舌が伸びて
垂れ幕のように降りてくる
この辺りの地図が描かれているらしい
北も南もない　ただ
現地点を示すココが
剣先に突かれたように
赤くにじんでいた

葬列

霧の野っ原に
陰々と流れくる経文
ゆらめく火影と白装束の群れ

——あいや　騎士の面々
——どこから来てどこへ参らるるか
道の真ん中で仁王立ち
憂い顔の騎士が大音量で問う

輿に乗る黒いひつぎ
馬上の白い頭巾は答えず
手に手にかざす松明が間近にせまる

――あいや　面妖なものども
――お止まり召されい
道の真ん中でさえぎり
遍歴の騎士が槍をかまえる

進むべき道をポコアポコ
葬列は急ぎもせず止まりもせず
異形の騎士のからだを
素通しに抜けていく

《死人は墓へ、生きた者はパンへ》

従僕は冷肉料理で
すばやく騎士の空虚《うつろ》をふさぐ
一晩たてば
詰め物の胡椒がきいてくる

パブリックな庭

開園午前九時、閉園午後五時。月曜無料開放。
K駅より徒歩三十分、一時間に一本送迎バス有。

*

噴水の前で、
半回転させた頭部が股をくぐって東を向いている。ねじれた姿勢で停止してしまった肌色のレオタード。股ぐらはしっかと首をくわえこみ、にっちもさっちも行かないところで固まってしまったという格好。困惑の表情すら使い尽くしましたと、引力のままに垂れる白眼、化粧脂のひびわれた鼻頭。表情がかつてはらんでいたであろう心の痕跡はなく、顔が顔であるしるしの孔がそれらしく空いている。これはパフォーマンス、一時の擬態なのか。

それともこの男に降ってわいた呪いなのか。内側で時間は流れているのに表皮を巡る時間だけが水白粉で硬化してしまったようだ。触ると暖かい、息はしている。助けがいるか、と聞くと、唇がすこしゆがんだ。何をやってるのか、耳をよせると、中世の騎士の彫像、と声にならない声でいう。ふたりは顔を見合わせた。サンチョが蹴ろうとするのを制して、ドンは像の腋の下をコチョコチョ。形はたちまちほどけて、眼を剝いて走り去った。

*

養生中の芝生に、
空のバケツを提げたひとが行き来している。すれ違っても目も合わせない。この庭にどんな規律があるのか、何がはじまるのか、何かがおわったのか、立ち止まりしかつめらしく腕時計を見るひと、水っぽくほほえむ美人、それにチック症の老人もバケツを提げてゆく。風が乗るブランコのようにパブリックな磁気がどこかで釣り合っているのか。帽子をまるめるひとが感動的なくしゃみをしてゆく。この中に憧れの姫がいるのではないか。しかし美しい偽物には気をつけねば。ひとりひとりの傷口をさぐると物事はややこしくなる。よい感傷わるい感傷すべて半々に、さすれば剰余を期待しなくて済む。寂寥も焦慮も長旅には禁物。空のバケツが求めているのは時空の隙間に差し込まれた真っ赤な蛇口かもしれない。

*

絵本館の前で、
燃え落ちる夕陽を横目にとぐろを巻いたロープがふたりにからまってきた。どんな絵本から抜け出してきたのか。
サンチョが首をひねると、
……生まれなんてどうでもいいこと、あたしはあたしよ
ふたりとも足首のずるずるが気になるが、邪険にふりはらえばキレルだろう。だれにも解けない輪にして投げてやろうか。ちょうどよい枝ぶりに、
……金の鞭で女王は騎士を何回打ったか…やるせなさの裏側は何枚か……留守番してるのは絵、それともことば

……ドウドウ鳥と小亀はどっちが速い……ロバのあたま
に角を付けたらなんと啼く？
解けないとけない　わーひどい、ひどいわー
泣かせてしまった。

ファンレター

メランコリ／アンコリ（ゆううつ／おだまき）雨期は
繰り返しやってくる双子の姉妹　生まれながら喜劇を
演じる茶眼　血塗られた蝦蟇の口　マグマの吹き出し
た赤鼻　失くしたことばをさがす象の耳　タイツに大
靴　とすべてそろった　鏡の中の　メランコリ／アン
コリ　そら　音もなく　雨がふる　雨がふる

拝啓

突然お手紙を差し上げ　　　いませ。
わたくしは貴方がお立ちよ　　　サーカスの道化
す。勿論玉から転げ落ちたりロバのしっぽにつかまる
くしのことなどご記憶にないでございましょう。桟
段にあこがれの騎士を見たとき、わたくしは思
止めてしまいそうになりました。あれ以来貴
うたびにわたくしの　　　るえ胸がつぶれ
ます。あの日、　　　しい方の面影
を　のように、恍惚　　をとぶ影ばかり
追っていらっしゃいました。　　は貴方の眼を釘
付けにするその影になりたいと　ました。あの日から、
わたく　ブランコにいどんでおります。運動の慣
性さ　　きでも、目をとじていても踏み板
は向　　てくるものです。時に危うく見え
る、　　。それに比べれば、地上の芸は退
屈なま　　楽隊ま　　ドラム
がふいに止み、静寂が重　　たくしは
気ちがいピエロになって貴方の胸に向って跳んでみせま
しょう。貴方のこころをわしづかみにする、これほどの

至福があるでしょうか。どうかもう一度お越しくださいませ。
一年に一度ご当地をめぐります。もうすぐです。

敬具

ブランキー

六月吉日

ライティングデスク

文明はどこから始まりどこで終わるのだろう。均すことのできない時間《とき》の隅々に確固たる場を占める筆跡。碧緑のシェードが照らす極薄のかげ。

血糖値の高すぎる恋文、辻褄の合わない遺書、我儘な申し出、盗品の目録、三行の詫び状、十六世紀の記述、反故、慎ましい随想、叡智と気魂にあふれた意見書、手のこんだ脅迫文、結婚披露宴の司会メモ、解読不能な候文、離婚届、朱入りの能書き、カデュヴェオ族とボロロ族の奥歯が咬み合わない合意書、若くて粋なドアマンを求む広告、水掛け論、饅頭の詩、午後一時半の署名、海ザリガニの投壜通信、白い盲導犬の茶色の話、カイゼル髭、新種のなみだ、崇高な無関心、某国の悪口、マンデー・サンデーと呼ばれる猫、頭痛もちの便箋、地中海出のパイプ、裏面から見る新世界地図、三百年にわたる筆圧、セルバンテスの軋り、世界を攪拌する文字、黙秘。

夢魔

「八十五年に滅ぼされず、八十六年に死にもせず、八十七年に殺されもせず、八十八年に墓場入りもしない人は、八十九年に〈良いお天気で〉ということだろう。」

（種村季弘『アナクロニズム』より）

こんな凶々しいビラがばらまかれた不安な時代のこと。

天国

吝《ケチ》ッタヒト
ハラ九九《クク》ッタヒト
痴《コケ》タヒト
訥《ドモ》ッタヒト
弄《モテアソ》ンダヒト
縮尻《シクジ》ッタヒト
八字《ヤジ》ッタヒト
自摸《ツモ》ッタヒト
幽奥《ミスチック》ガ
虎斑《マダラ》ニ煮エタツ
天国ノ八釜《ヤカマ》
旋《ヤガ》テ
清《スズ》シイ
乳酪《バター》ニナルヤヨシ

着陸

ウソ八百ノヒゲ

シュンジニ剃リマス　理髪店

スッポンヲ
静カノ海ニ放ソウ　養殖業

本日ノ格言
他山ノ石ヲ持チカエルナ　墓石屋

国旗ヲ無風デ
ヒルガエシテミセマス　写真店

泡

老いたおとこの
夢の閾にひそむのは
豚の頭《かしら》をかぶった魔女たち

あらたに
攫われてきたこどもらが
猫にされ

しゃぼん玉を吹いている
思い思いに回る
おおきな泡　ちいさな泡

すきとおる膜に
遠心力ではりついた古里の村
逃げ惑う人々がはっきりと見えた

連綿とつづいてきたつましい暮らしが
つぎつぎに割れ　生まれ　割れ

眠るおとこは泡のなかにしずむ

星座

山の端に夕陽が落ちて、あたりは藍色の尊厳にみちる。
遍歴の一行に〈金髪の月〉があがった。

風凍る夜
野宿するロバに星の弦楽がふりそそぐ

なぜロバなのか
なぜ人でないのか
（母を困らせた問い）

神が骰子をふった
星は（目配せ）
答えてはくれない

ひときわ目立つオリオンは
つぶれ顔の騎士さながら
左手に楯
右手にこん棒をかざしている

とりまく星屑のなかに
星の荷車を曳く一族が見えた

ロバでいい（ロバがいい）
イーヨー
母の声がした

門付け

ドン・キホーテとロシナンテ、サンチョと灰毛驢馬、四つの影がおどっている。真冬の快活である。贋の紋章をかざし、時空のあみだ籤を角角にすすむ一行。
いざなうのは蜜蜂の羽音か、名もない痺れ草か。

女たちのふしぎな唄声と撥音
盲目にされた姫が唄っている

頬かぶりに菅笠
杖をつく　四人連れ

先導する男の子がふりかえりふりかえり
姉さよぉ　落ち武者のようなものが
ずっと付けてくるがぁ

後尾の年嵩は亡霊を祓うように杖をふる

聴きたけりゃ銭を払いなよ
聞こえよがしに中の女

唄い手の少女がもんぺの裾から
紅いしずくをこぼしていった

足元から吹き上げる雪は
憑き憑かれるものの来歴を
瞬時に攫っていく

焚火

左手をからめるひとの酔いにもつれた糸くずは貝柱の
ような執着《しつこ》さ
赤鼻のあたまを摘んでその手の置き方にご注意あそば
せ

サンチョがひとりごつ
犬が尾をふるのか
尾が犬をふるのか

犬がうす眼をあける
舌がサンチョを語るのか
サンチョが舌を語るのか

そりゃそうだ
舌がおいらか　おいらが舌か
自分でもわからねえ

炎がゆらめいて告げる
闇があるから炎が見えるのか
炎があるから闇が見えるのか

やれやれ
ことばってやつは
嚙みしめるほどわからなくなる

春さめて

来し方行く方　空漠の絹ずれ
ことばの揺籃に生まれたばかりの
いとけなき　音の芽
そこにある意味をしらず　もの
とものの名をつがい
波がしら　くずしてゆく

春さめて　さく　さくれば　さくるほど

芽　ぬれぞ　めく　さみどり　れうらん
入り　いたり　たり　すももも　ありき
手てこ　てこ　てなれたり　たか　ちほ

かぜかほる　そら　ぽりふぉにー
いま　かんしょうの　なめくちて
うれし　かなしも　ひふ　みよと
しぜんの　かいか　くぐり　いさ
うご　てんせいの　あめ　もこん

なごりの　はんせつも　たちまち
てるて　かげるて　きの　ままよ
もすそ　はしおり　いつ　むなの
わくらばも　ららら　うたひまた
たらちねの　わかれ　そのよきひ

春さめて　さく　さくれて　ふとみれは
左　なれぞ　や　このとおに　ゆめみつ
目く　めれり　めも　るると　なみだつ

手てこ　てこ　てなりたり　さくらさく

噂の腑分け

ユビュ王（アルフレッド・ジャリの戯曲）はポーランドを征服し、貴族や裁判官の首をはねるなどの圧政を行う。そののち先王がロシアに助けを求めたため、ロシア軍との戦争が勃発。戦いに敗れ、ユビュ王とその家族は国棄丸という船に乗り、浪々の旅に出た。

酒《毛》狂う男ありて　愛憎《臓》　千々《乳》に乱れ　神《髪》頼み　拝《肺》殿《臂》
の銀杏《腸》も柏《皺》も　深《心》閑《肝》として　落葉《歯》ひとつ無《脂》し、
逃げた嚊《踵》と　ユ《指》ビュおやじが　葡萄《頭》畑《肌》で　こ《骨》つそり
逢ひ引《軒》きしていると　近《筋》処の噂　聞こえ《聲》きて《手》、
男　拳《節》振り上げれど　へ《臍》、そりや粋《息》な話《鼻》です《脛》ね　と
神主　の《喉》どかに微《頬》笑む計り、
悪《脚》き卑《髭》下の炎　ま《股》たぐらぐらと男を釜茹《眉》で　苛《胃》む処
「薔薇《腹》　李《腿》　蚯《耳》蚓の恋も　日め《眼》くるほどに　色褪《汗》せ

む　とサンチョ　明晰《咳》に　慰め《嚏》れば　次いでドンが
「憎《肉》し《染》みの　ぐ《首》ひ飲みを　あし《舌》たの川《皮》藻に沈《爪》め　夕
べには　無《胸》念に遊ぶ　吾《顎》子眠らせ《背》　過ぎ越《腰》し　蜜月《尻》
思《面》ひ　梔《口》の　女《尿》房の戻るを　待ち《血》たまへ《屁》　と諭す。
物《脳》憂く跪《膝》く男　やがてくく　くくくと　笑ひ転げて
「ユビュ王一座の　われコキュの役　稽《経》古の相方《肩》を
ば愉快《腕》なアドリブで　納めてくだすったわい。

藤の木

さてもさても永のご彷徨《ほうこう》を愛で過疎が島の太守にと、混戦《あや》なす殿《ドン》に仰せつけられ候ところ此の島は来る日も来る日も干物と刺身、げに夢は墓無く故郷をはせめぐるはせめぐる。

一条の涸れ川よ泉よ。灰毛驢馬のかなわぬ恋よ。ラ・マンチャの荒れ野に実る葡萄の房、香わしいワイン、白チーズ、婚礼のパーティよ、この合間《しゅんかん》にも広場には「腐れ鍋《オジャ・ポドリーダ》」が煮え立っておろうぞ。塩豚三枚肉、塩抜きハム、豚鼻二個、豚耳二個、豚足の切身四本、新鮮な腸付き猪豚、豚ソーセージ、去勢鶏二羽、野兎の下半身の切身、雉子二羽、またつぐみ、うずらもあらばあれ、大蒜、タマネギ、キャベツに栗豆《ガルバンソ》もぐつぐつと、フェリペ二世も唾をのむ大鍋をたれか汁らん。返せやかえせえ。

今宵の月もやせほそり　今宵の月もやせほそり。

山肌にへばりつくうねうね道をのぼっていくと、海の反射が眩しい大砲岩でひとり舞う翁をみた。山ではじめて出会ったそのひとは藤の木を背に小腰を落とし、摺り足で時を丹念に織りあげているようだ。この貧しい島の地積を調べにやってきたサンチョは測量の計器を下ろし、翁の舞い了るのを待った。

……抑《そもそも》、此の島は月の腫物《はれもの》にかぶせし
　　護謨の帽子なれば
伸び縮みめくれ凹みて　鬱勃いまだ止まず
足踏み鳴らすこの岩の

海抜何米何がしと標せども　明日は知れず
　机上の偽りのすぐ失せにける
　さても空しく飛び散る詩片かな
　詩片かな

天秤をかついだ風船売りがはるか下の浜をゆく。どこかでキツツキが幹をたたいている。日はまだ燦々とあるが、きのうときょうの間に何が起きたのか。計器の針は落ち着かず、四月五月はさっさとうしろ向き。日めくりも黄金にかがやく若葉のなかに霞んでいる。

……されどむかし
　一幅のうつくしゅう絵図を眺めしこと有りけり
時の瀬の幻鏡のごと　くじらの群れふいにあらわれ
　蒼き山波ぬれた尾鰭が見え隠れ
此の島をつぶさに写して去りにける
　村人総出で祝い　後々に語りつぎぬ
実《げ》にまことの絵図と申すべきや
　まことの絵図と申すべきや

帰去来

帰りなんいざ　牧人キホーティス（元騎士ドン・キホーテ）は　三十四基の風車に語りかける　小麦は健気に打たれておるか　家々は沸騰し　村は太平に熟しておるか

サンチョの妻　テレサ・パンサは　じゃじゃ馬の娘を装わせ　嫁ぎ先の貴族を紹介してくれる　月下の騎士《ドン》を待ち構えている　母親の幻想の鏡には　一点の曇りもない

灰毛驢馬は　相変わらずの名無し驢馬　荷物が片寄り擦れた傷が痛んでも　嗅煙草さえあれば　泥濘の側道《そばみち》も鼻息ですすむ　あのこが待つラ・マンチャは近い

気だてのいい姪　アントニア・キハーナは　化粧台に座

る　眉は新月　口元は落日　片えくぼの愁いを何度もためして涙ぐむほどの優しさを確認する

年老いたロシナンテの　鼻孔は満開　豚のさざめきを嗅ぎ　ひずめは記憶の砂を蹴る　忘れていたなにかしらが一気に走り　糞をぱたんぱたん落として行く

床屋のニコラス親方は　巨体をゆさゆさ　今夜の祝宴に供する鶏を半刻も追い回している　すすんで椅子に座ってくれる鶏はいない　蒸しタオルはとうに冷えてしまった

村を見下ろす丘で　サンチョの胸は躍る　嬶に何から話そうか　いや　両手に銅貨をのせてやろう　あんた立派になって　と涙でしわくちゃな顔　思う

家政婦は　庭の大釜で湯を沸かしながら考える　旅装束を取り　手足を洗い　下着を脱がせ　体と虱を丸ごと煮沸するのに　一体　何杯の湯が要るか　どれほどの薪がいるか

学士サンソン・カラスコは　喪然《がっかり》だ　純粋な偏向を正すには別の偏向しかない　ドンがしおらしく戻ってくるという　聖なる毒気を抜かれてしまった羊飼いに　旨味はない

司祭はキホーテを迎えるにあたって　かの迷妄を晴らすべく聖書の第何章何項がふさわしいか　もういちど『ドン・キホーテ』を最初から読み直している

補遺

一筆啓上

〒

❾❻❶

❷❸

❶❸❼❹❿
❽❾❼❹

Don

くろい
ふみ
いみなしと
やくなよ

〒
七十七九
二四
三七二
四六四九

Sancho

なんとなく
ぶじ
みなに
よろしく

御品書

あたたかい麺類

かけ込身手丁居戸温守留旅烏《こみてちょいとぬくもるたびがらす》　四百五十円
たぬき立地月夜之晩似玉尾揚毛《たちつきよのばんにたまをあげ》　五百円
きつね良波頭二油揚井々湯多菜《らはあたまにあぶらげいいゆだな》　五百円
玉子とじ平意手行句也相合傘《ひらいていくやあいあいがさ》　五百五十円
月見戸羽啜留琴可戸山猪聞《とはすることかとサンチョきき》　五百五十円
かき玉野葛詩手生着留守余生加奈《のくずしていきるよせいかな》　五百八十円
山菜派灰汁迄青句髪尾染《はあくまであおくかみをそめ》　五百八十円

つめたい麺類

もり伊知舞通者粋尓佐渡多津《いちまいつうはいきにさっとたつ》　四百五十円
ざる唄卯黒花弁散良須戀《うたうくろいはなびらちらすこひ》　五百円
天ざる野三猿着飾噂加奈《のみざるきかざるうわさかな》　八百円～

季節もの

ひやむぎ之亜椅子箪笥我膝揃《のアイスダンスがひざそろえ》　五百八十円

なべやき波熱々之仲他人之戀《はあつあつのなかひとのこひ》　七百円

ご飯の部

親子丼産列多羽刈手介護巣留《うまれたばかりでかいごする》　六百五十円
カツ丼羽化粧直尾二度模仕手《はけしょうなおしをにどもして》　七百円
牛丼画小間切多身尾恥等居《がこまぎれたみをはじらいぬ》　七百円
喜呆亭丼悲劇喜劇之風車祭《ひげききげきのふうてんさい》　七百五十円
天丼波黄威之鎧品戸跳《はきおどしのよろいびんとはね》　八百円〜
大盛りは七十円増し

セルバンテス通り二十六番街B1
手打蕎麦　喜呆亭（月曜日定休）

歓迎会

千六百十六年四月二十三日*
寒爾萬的《セルバンテス》と沙翁《シェイクスピア》、ふたりが顔を合わせたのは元和二年のこの日がはじめてであった。天上の歓迎会の席上、

「この麗しい詩月の佳き日、貴賓のお二方を同時にお招きできたのはこの飢ない養老媚びでござる」と熾天使《セラフィム》はたいそうご機嫌な祝辞を述べた。彼は下界の書物をすべて毒破するという読書家であったが、とくに洗新《フレッシュ》なものを好まれ、さらに諧謔《ユーモア》や劇的《ドラマティク》を最上位とされていたので、ちかごろの天上の日々是口実、駘蕩のきわみには真面目に退屈しきっていた。

序の口エンジェルたちの肩にはまった所作、菓子困った答えには欠伸しか出てこない日々、そこへ珍客の二人が相次いで到着したので、まことに奇聞をよくし、歓迎のパーティに真似いたのだった。

「天国にようこそ　おふたりに完敗」

熾天使は噛んだかい聲で洋盃《グラス》をあげた。

寒爾萬的と沙翁は顔を見合わせて「お互い死に損なったようですな」と含首《うなずき》合った。さて宴も程々になると、請われるままに沙翁がソネットを朗唱、寒爾萬的は負けじと思い姫への頌歌をうたった。ついで熾天使にデュオを求められた、これにはいっしゅん退避《たじろ》いだがそこは柔軟《やくしゃ》なご両人、女役《ソプラノ》、男役《テノール》を交互にふって宴はさながら

春祭の女神刈《ミュージカル》と化してしまった。

こうして天上を煙に巻いたふたりは座付き劇作者として永遠を約束されたという。固辞《ことわ》ったのはいうまでもない。

獄舎のほうがまだマシだ。

＊下界の記述によれば、セルバンテスとシェイクスピアは同年同月同日に没したことになっているが、スペインのグレゴリウス暦と当時のイギリス国教会の暦では、何日かずれがあるらしい。

ウオノメ

今は昔、ウオノメに悩むひとりの老婆有りけり。幼きより掌に出来たるウオノメを気に病み、針で突くうちに、なお硬く意固地なものに育て上げたり。若かりける時、この人こそと思はれる恋人ひとりふたりは有りても、手をつなぐのが憚られ、なかなか心開かぬまま恋の季節は空しく去りぬ。

手を見せぬは心を見せぬ理《ことわり》なり。然れば、女に話し寄る男も無く、孤り愛憎をウオノメに傾け、山野を逍遥《さまよい》、あらゆる薬草を蒐め集めて、密かに炒るや焼くや、亦、蒸すや漉すや、乳鉢の溝も摺り減るほどにウオノメの膏薬に勤しみ、腰は更に曲がり、目は股の間より覗き、後ろ向きに歩くのを常とする有様。人みな「逆さババ」と呼びて挑戯《からかい》けり。

然て、その噂を聞き及びし西班牙《いすぺにあ》にドン・キホーテなる男有りけり。此の者も予《かね》てより足のウオノメに悩まされ居るところなるに、「事の次第をば我れにぞ行はせんずらむ」と思ふて、女の門口をば訪れぬ。常ならば錠を下ろした木戸、この時許りは春風の道を一筋明けるが如くひらき居たり。男大声にて「我も亦予てよりウオノメ育てる者なり。噂高き媼《おうな》のウオノメ一目拝まんとぞ参りきたりぬ」と呼ばはれば、媼は家に招じ入れたり。

此くて、老婆神棚の前でおもむろに其の手ひらいて見せれば「此は見事なり」、掌中のウオノメはふたつ、黒曜石の如く照々《てらてら》と艶めき、吸ひ込まれんばかり。老婆は

「いつしか我が眼より世の移りをば見透す目になりけむ」と笑みを湛えれば、男は「此かる微妙《めでた》き財《たから》なれば、更に慈しみ合はむ」と云ふて、ふたり足と手と合はせて悦び合ひたりけり。

その後、此の家を覗き見たる家主は、近来《ちかごろ》遙かに来たる異人は前世の機縁ありてこそ其の家に住むらん、極めて楽しき余生にて有りなるとなん、語り伝えたるとや。

蛸系ウイルスのススメ

ウイルスは文明と共に発生したおそるべき何かである。そのかたちは主に球形だが、他に楕円形、砲弾形、螺旋形とあり、さらに珍種として蛸系ウイルスがある。

抑、ウイルスは細菌と異なり、細胞やリボソーム、すなわち化学工場を持たず自身で代謝を行なはぬ。その意味では無生物であるが、子孫をつくる自己複製機能を持つので、生物でもあり無生物でもある。中でも蛸系の自己複製装置は読む（め）から書く（て）へと時代を超えて異常繁殖をみせること屢なり。此れはパピルスの時代、記述の海にひそんでゐたものが何時となく不死鳥によつて運ばれ、人類を宿主に選び、吸着し、墨を吐き、贋作やパロディと申すコピーが増産されるに到つたと推測される。

ときには一過性で了ることもあるが、やはり時代を経て幾度も変移をくりかへしてきたものが感染力強く、とくに生か死か、の根源の悩みにかかはるは強力で、多くの死者を出したと記録が残つてゐる、一方、鬱々たる病いを癒す効用をもつものあり。其れは宿主の体質、免疫の如何で異なる。情感に沁み入るウイルスは涙のカタルシスで熱中症をおこし、かたや諧謔のウイルスは概ね知を刺激し、苦味や酸味で笑ひの旋毛《つむじ》から発熱する。

後者の明らかな症例が西班牙を起源とする騎士物語である。生み親の生存中に続編をものするエピゴーネンが出たりする。その勢ひは我が本草学を以てしても阻止する手段《てだて》なく、然れば、毒を以て毒を制するが肝要と思はれる。依て、諸君は年少のうちに種々の蛸系ウイルスに感染しておかねばならない。

不自由な国の「為にする」ウイルスが隠微にばらまかれることありても、ユーモアのエレキテルで凝りをほぐして呉れる、これ即ち免疫の徳である。

＊免疫学教室における平賀源内の講義録より抜粋

ろま

ろまろまろまろまろまろまろまろまろまろまろまろまろ
うおーれんまうおーれんまうおーれんまうおーれん
ま　うおーれん　うおーれん　うおーれん　うおー
かまっつ　しょーれん　かまっつ　しょーれん　か
まっつ　しょーれん　かまっつ　しょーれん　かま
っつ　しょーれん　かまっつ　しょーれん　かまっ
つ　しょーれん　かまっつ　しょーれん　かまっつ
しょーれん　かまっつ　しょーれん　かまっつ　し
ょーれん　かまっつ　しょーれん　かまっつ　しょ
ーれん　かまっつ　しょーれん　かまっつ　しょー
れんかま　　　　かま　　　　かま
　　しょーしょー　　しょーしょー　　しょー
かまかま　　　　かまかま　　　　かまか
　　しょうしょう　　しょうしょう
ま　　　かま　　　かまかまかまかま
　しょうしょう　しょうしょう　しょうしょう
かなかな　　　かなかな　　　かなか
　　しょうしょう　　しょうしょう
な　　ろまろま　　ろまろま
　しょうしょう　　しょうしょう　　しょ
うしょう　　かなかな　　かなかな　　かな
　　しょうしょう　　しょうしょう
どんまいどんまいどんまいどんまいどんま
いしまうましまうましまうましましまします
しまいしまいしまいしまいしまいしま
ぴーまんにこぴーまんにこぴーまんに
ぴーまん　　ぴーまん　　ぴーまん
　ろまろま　　ろまろま　　ろまろま
きーまんきーまんきーまんきーまんきーま

んいきのいきのいきのいきのいきのいきりいきのいきのむいきのむいきのむいきのむいきのむいきのむ

＊断片的な言葉のループが組み合わされ、しだいにずれてゆく音の万華鏡。スティーブ・ライヒの作品『Come Out』に触発され、ロシナンテがうたった唄。

100台のメトロノーム

82横から斜めから76ふいにオン54眠気さめぬ112時代にかまわず72お先にどうぞ100百打ちの舌54あなたの肩に92朝だ昼だ夜だ50驟雨にずぶ濡れ132こんなに明るい42ほんとうそほんと160さてがのびて176のびていく96イカロス的旋回63ずうっといちにち108首ふって72おじぎする84いちりんしゃの92具合いが泣くまで44シンプルな尻116今日も干した80錯角通り92一粒の空地に120舌びらめが69三周遅れて132鈴舞する63デジタルなんて怖くない88鳩がよぶ54ここゼロ番地48せいけつな懐疑は92まだ限界をしらず80感性知性情念132つき抜けつき抜けた56括弧とじてひらいて40イメージの槍に92いっしゅんと永劫が69競いあう40クラスター72紫のグラデーションは80早寝のロバと176もつれ合って112ご相談に応じ104万にひとつの58くだけた話63あまくだる208三角定規の92かんぺきな仲裁104割りきって58探査機から69ダダまって消える100むかんけい52お次のわきくすぐって120非情にまがる63フェルマータの88ゆくさきは96ちんたいもんだい66住所不定の132ジェット機は髭で54無法の球蹴る98しゃぼんしゃぼん92純粋ビートの72毛布《ケット》あげて60ねぇむいねぇむい72やまいだれのむすめ80正しく笑う48世界のぞうり虫が69いろあせて96となえる108じゅげむの76うるわしい探求は176とんでとんだ愛102補導され58ほてった104くちびる126かにんぐハム84ほとんどしばし44居なくなる63キリエの菌と56ピチカートの88内的相関に120答えはノンです116マッチする44例題はなく76あふれても132ばらはばら176落書きに走る92春のめぐすり56宗派とわず104鶏な…き犬…をかむ100旗ふって92ほしいままに126終…り終…る終れば76冬…の星座88しんしんと40シミな…なつ48ふたつ残った50ふかい…かい…夢

52ブルー63ちん…黙する108五分三十一秒の…………………
……………

＊100台のメトロノームがいっせいに解き放たれるや、異なる速度が片言の驟雨となり、やがて減衰してゆく。ジョルジ・リゲティ（1923～2006）のコンポジション「poeme Symphonique For 100 metronomes」を、サンチョが聴取したことばを記したもの。文中の数字はメトロノームの速度。

オペラ館

なぜここに鸚鵡の極彩色の羽根衣装をまとった鳥刺し
なぜここに複雑なリズムで咳き込む蛇口
なぜここにふたりの人足のぶかっこうな馬
なぜここに風車に吊上げられたぼろぼろの騎士
なぜここに透明な翼をひろげた天使
なぜここに荷馬車に積まれた棺桶
なぜここに宙に浮かぶ階段をおりる花嫁
なぜここに膝にのせた少年にボンボンを与える王女
なぜここに脈打つアクリルの心臓
なぜここに黒人の執事と緑と赤のリボンをつけた子豚
なぜここに愉しげにふるえる幼い楽譜帳
なぜここにバッカスに赦しを乞うよっぱらい
なぜここに蒼白な婚礼　親族のあんぐり空けた口
なぜここに気まぐれに跳ねる鳩時計
なぜここに前金を差し出す黒マントの男
なぜここにギザギザに裂けたペーパームーン
なぜここにウンコちゃんの手紙を読む従妹《ベーズレ》ちゃん

……これこれのものはこれこれの
ようにしておかねばならない。
そうでないと小鳥が唄えないから……
（パウル・クレー）

（『ドン・キホーテ異聞』二〇一一年思潮社刊）

〈未刊詩篇〉から

記号節

感嘆符

そこで止まれ
のラプソディ
そら　ぶつかった憂愁よ！
干し柿よ
過疎の村に巨大な
なんて巨大な
おれだおれだ
おれだ！
帆を張れ
血糖値
夜明けのトロンボーン！

（「gui」95号、二〇一二年四月）

山姥

あれが起こって以来しばしば山から降りてきては「あいつらの虚言《そらごと》に騙されるな　見えない霧はこわいぞ」とハチドリの冠羽を模した鉦を叩き騒ぎたてる婆さまがおりました。村人はまた山姥がきたと気味わるがりましたがひとりの童だけは婆さまの行く所に付いて歩き繰り言のいくつかを耳にして居りました。

「樫の木はいつも申されます　本然を知れば　だれにも媚びることはない　疎まれても憎まれても　まことを見ようとしない村人に危険を告げねばならん
それが山姥じゃ」

見えていたか見えなかったのかわかりませんが来る度に童は婆さまの齢を聞きました。でも百歳を超えたあたりから歳を数えるのも面倒になったのか山姥は答えなくなりました。ある年何思ったか山姥はお山に身の丈の穴を掘りそこに籠ることにしたらしいと大人たちは噂をしていました。

皆が山姥のいたことをすっかり忘れてしまってもその童

は忘れることができませんでしたので年がかわってお山へ様子を見に行ったのです。山姥はしっかりと肩まで埋まり銃口のような口を空けていました。

「宇宙はつねに蠢いておる　地は押し詰まって身じろぎ月は遠ざかる　やがて人の罪劫《おごり》はお天道さんまでくもらすぞ」

仰ぐと　金環が山辛夷の葉をチロチロとゆすっていました。白いちいさな花が満開でいっせいに「煮えたかどうだかたべてみよう」幼い頃の婆さまの声を聞いたように思ったのでしょう。なんだか哀しくなった童に山姥は「鉦を返しておくれよう」と訴えるのでした。若い衆が寄ってたかって此処に埋めたのでしょうか。山姥はいまもそこにいます。知っているのは座敷童ひとりだけですが。

（「Ultra Bards」20号、二〇一二年十一月を改題、大幅改稿）

春はゲタを履いて

あしたの風のふくところパプリカふたつ
パプリカふたつ踏切をまたいで平らに
平らに囁き合っている十文字の包帯
包帯の上でおどる青い縞の楽団員
楽団をとり巻くにわとりの足
足を洗う女ものの傘、傘傘
風がさらっていく
めかくし鬼
どこへ

（「gui」101号、二〇一四年四月）

映写機

秋　　　故　ぬ
何青さみ
を　孕
の　石を
解けや　も　の
色　き　底なり花の芯
虚　無の鼠
海
し　真
来　白魚の群れ
ほけほけと秋は逝く
け
開

春　　　す
ま
す　かざまわり
耳を
ス　な
ヒール　客傘かします
巣　は　先　き
あらし　猫　び
空　う　、　い
ら　春風の吹く
う　とつ
ひ　音ずれ
た
ま

（「gui」97号、二〇一二年十二月）

透明な散歩

＊

公苑の裏通り
藤の老木が風雪に腰を曲げ
ほとんど
樹皮だけのうろ　それでも
藤棚に葉をひろげ
うす紫のふぐりを二つさげていた
けっこうなお日柄で
伸びた蔓が帽子をくすぐる

＊

ぽっかり空いた
更地のくさむらで
半日しか咲かない
露草にこころうばわれ
三毛猫が身をくねっている

いっしょうを恋の
道草でおわる酔狂もいる
とステッキは二進法で先へ行く

＊

大通りに出たところ
いい匂いがする
帽子は券売機のわきから
立ち食いそばの店内をのぞく
ネクタイがコの字に囲んで
熱いうどんをすすっている
釜上げの湯気が
亭主のキャップを陽気に浮かせていた

＊

ゆるくうねった坂を
小象が歩いてきた
たれ流しのおしっこ
うしろから若い娘が

あわてて雑巾でぬぐっている
帽子とステッキは
道の端に寄って
鼻でやりすごした

＊

坂のてっぺんは
ちょうど七百三十歩目
ラスコリニコフの
金貸しの家
金庫が色変えてとびだしてきた
香水の匂いがつんと走った
あとは物音ひとつなし
ステッキが十九世紀の方角にめりこんでゆく
くらくらがはじまった

＊

一日
一万歩は革命より遠くにある

（「Ultra Bards」21号、二〇一二年七月）

左の街

ギロリ
　なにか右にいる
チラリ
　黄色い花火があがる
クスリ
　トリモチの竿に星が止まる
ポツリ
　もぐら穴の窓が開く
カラリ
　夜と昼が回転する

ヒラリ
　　満開の空

（「gui」100号、二〇一三年十二月）

天使あるいはダークマターの教室

素数の階段を
黄蝶がひらひら舞っている
105 = 3 × 5 × 7
つぎはどんな素数を掛けたものか
999911 ＝？　教授は問いかける
教室の窓ガラスが張りつめる
神の美学
脱皮する年を知っている十七年蟬
らせんを描く巻貝
軒下の蜂の巣
教授は無限階段を見上げる

（「gui」99号、二〇一三年八月）

下の街

ノソリ
　　十時三分三十秒
ホロリ
　　ひとつ飲んで安心
ケロリ
　　細長い球場の裏口
チクリ
　　耳寄りの風がふく
パタリ
　　北からの便りは

天使にみちびかれて蝶はどこへ
学生は頭をかかえ
307 × 32573 の
ダークマターに吸い込まれていく

（「Ultra Bards」22号、二〇一四年二月）

翅の遊弋

帆
ひらく
黄蝶の行手
十次元の虚ろに
遊弋するたましひの孤独
あゝおゝの無限を拾いあつめ
耳かざりをつくり売り歩く詩人がいる
帝都のショーウインドに立つ
マネキン嬢の歪んだ唇に
香具師騙り気触れとののしり追われた

斜方立方八面体の脳髄を見よ
美しい魔性が秘める昏い過去かくされた疵口うつす
見える者には見え見えない者には無縁な鏡
街路樹の葉むれへ綴じ糸が解かれてゆく図書館では
言語のつぼみがしなやかにひらき膨張する
ノイズの直立にゆらぎ煌めく
十七列の素粒子的アフォリズムの休翅
漆喰いの命題に
かかる
片

（「Ultra Bards」22号、二〇一四年二月）

エッセイ・評論

スーザン・ソンタグのあとに

二〇〇四年十二月二十八日、スーザン・ソンタグが七十一歳で亡くなった。そのニュースはショックだった。一九六〇年代、彼女の評論『反解釈』を読んだときの衝撃以来、『ラディカルな意志のスタイル』とつづく現代批評の新しい視点に私は目をみはってきたからだ。彼女が癌を患ったとは聞いていたが、快癒してつぎの著作にとりかかっているだろうと暢気にかまえていたところ、ふいに梯子をはずされた気持ちだった。彼女は手の届かない海のむこうの存在であったが、ラディカルな示唆を与え、芸術に対する批評のあり方を考えさせる最初の教師であった。

ご存知の方も多いと思うが、一応、彼女の学業のアウトラインを晶文社の略歴から引くと、

「スーザン・ソンタグは一九三三年ニューヨークに生まれる。カリフォルニア大学、シカゴ大学に学び、さらにハーヴァード大学大学院に入学、哲学を専攻。パリ大学、オクスフォード大学で研究生活を送った後、「コメンタリー」誌編集長をへてニューヨーク市立大学その他で哲学の講義を担当。六三年に処女長篇『恩人』、六六年評論『反解釈』を公刊し、一躍一九六〇年代の急進的文学の旗手と目されるに至った。」とある。

これ以後も彼女は活動を停滞させることなく「ゴドーを待ちながら」の演出、映画論、写真論、小説、そして講演の依頼に応じるスーパー・ウーマンで、二〇〇二年には来日もされ、日本の知識人たちと意見をぶつけ合っている。

私は訳本の上で出会っただけで、講演の声を聞いたこともなく、容姿を見ることもなかったが、その怜悧な分析ときっぱりとした文言に圧倒され、こうした女性の存在をこころの中で希望という名におきかえていた。

浅田彰は京都での追悼シンポジウム『スーザン・ソンタグから始まる/ラディカルな意志の彼方へ』で語っている。

ふつう日本人が話をするときに、こちらが何か言うと相手も適当に頷いてくれるでしょう。スーザン・ソンタグは絶対そうじゃないんです。「あなたが言ったAという点についてはは同意できるけれど、Bという点については異論がある」とこうくるわけですよ。

しかしこっちも普通の日本人じゃないから（会場笑）、「いや、あなたの言ったB1という点はいいけれどB2という点については異論がある」とこうなるわけです。論争相手というのはおこがましいけれど、ケンカ友だちだと言ったほうがいい。しかし、そのケンカが感情的になることは絶対にないんですね。けっこうきついやりとりをした後でも、スポーツでフェア・プレイと言うけれど、フェアな、つまり公正で美しいやりとりをしたという満足感を与えてくれる、そういう貴重な話し相手でした。（中略）時代も場所もちがうので、別に比較するつもりはないんですが、サルトルを失ったあとのフランスというような感じを、ソンタグを失ったあとのアメリカに感じるんですよ。たしかに優秀なアカデミシャンはたくさんいて、精緻な理論で現実を裁断することはできる。他方、消費社会の表層を器用になぞってみせるような作家たち、村上春樹がその劣化コピーであるような作家たちもいる。

しかし、スーザン・ソンタグのように、アカデミーには属さず、あくまで在野の物書きであって、ドグマティックな基準はもたない、むしろ、さまざまな現実に半ば心惹かれ、しかし半ば反発しながら、そのすべてのニュアンスを微妙に書いていく、そういう作家としての批評家というのがいなくなった。

もっと言えば、アカデミシャン以上に権威ある書き手でありながら、一般人でも名前を知っていて、何かにつけ意見を聞いてみたいと思う、そんな存在がいなくなった。それがスーザン・ソンタグの死がもたらした大きな欠落感だと思います。

スーザン・ソンタグの業績を言い表した適切なことばだろう。一般の読者のひとりである私は今、刻々に変わって行く世界の状況、そのひとつひとつにソンタグならどんな裁断を下すだろうと、こころの中のソンタグに質問しつづけてきたのに気付く。そして若いころの興奮を思い出した。

　シンポジウムにはスーザン・ソンタグの知ること、語ること、書くことへの激しい姿が語られていた。沈滞した文化状況とアカデミズムの抑圧と闘ってきた人の、西洋的知性、批判精神の強靱さがかえって痛ましく思えるほどだ。彼女は作家として、創造するものの一員として、芸術の極点に挑んだ芸術家の「スタイル」を美学の観点から明らかにしていく仕事で出発した。それは単なる理屈ではなく、彼女のすぐれたものへの直感、憧憬といえるほどの讃美が根底にあったように思う。その視点はやがて社会的な事象に移り、時代の危機の奥にひそんでいるもの、――エイズやサラエヴォ、9・11の示すもの――の言語によるごまかしに敏感に反応し、考察を深めていった。私には彼女の長編小説は読みきれなかったが、つくられた見方に疑義をもちこむ評論は刺激的だった。ここでスーザン・ソンタグが自らの役割として語ったことばをあらためて確認しておきたいと思う。

私はさまようユダヤ人ですね。祖父母はポーランドからアメリカに渡って来たひとたちですから。それで、私も世界中をさまようことになってしまって……私はポーランドとリトアニア系のユダヤ人の血を引く第三世代のアメリカ人として、ヒトラーが権力を握る二週間前に生まれました。ドイツからは遠く離れたアメリカの地方で（アリゾナとカルフォルニア）育ったのですが、子どもの頃はそのドイツにずっとつきまとわれていました。ドイツの怪物性とか、大好きなドイツの本とか、ドイツの音楽とかに。

　人の生き方はその人の心の傾注《アテンション》がいかに形成され、また歪められてきたかの軌跡です。注意力《アテンション》の形成は教育の、また文化そのもののまごうかたなきあらわれです。人はつねに成長します。注意力を増大させ高めるものは、人が異質なものごとに対して示す礼節です。新しい刺激を受けとめること、挑戦を受けることに一生懸命になってください。

　検閲を警戒すること。しかし忘れないこと――社会においても個々人の生活においてももっとも強力で深層にひそむ検閲は、自己検閲です。

(『良心の領界』の序文「若い読者へのアドバイス」)

私はしょっちゅう旅をしています。世界は「私」でないものごとで溢れていることをつねに忘れないように。世界は「私」のためにあるのではないのだ、ということを忘れないために。

私のすべきことは、それらを理解し、それらと接点をもつこと、そして作品において、それらと自分との関係をより広く、深く、複雑にしていくことです。

宇宙の典型的な特徴は、多くのことが同時に起こっているという点である。(「あらゆることがいっぺんに起こらないために、時間は存在する。……あらゆることがすべて一人の人の身に起こらないために、空間は存在する」)

叡智、そして謙譲の端緒は、万物の同時性という考え、その茫然とさせられる考えと、それを呑み込みきれない私たちの道義的認識力の欠如を眼前にして、その事実を受け入れ、頭を垂れることにあるのではないだろうか。このような自覚は詩人のほうが容易に身につけるものかもしれない。彼らは物語を全面的には信用していない。

何人かの人が、ほぼ四十年間の私の仕事に内在する連続性について推論を試みてくれました。私の仕事はみな同じものなのか、初めからそれはあったのか、等々の推論です。私の推論はこうです。そう、同じだ、と。それは、私がつねに行ったり来たりしているということ、孤独と連帯のあいだを往復しているという点では、一貫しています。そのどちらにも、絶対的な必要性を認めるからにほかなりません。

安寧は人を孤立化させる。

孤独は連帯を制限する、連帯は孤独を堕落させる。

私は人生の多くの部分を、ものごとを二極化させ対立させる思考法なるものを脱神話化する仕事に費してきました。政治的な表現に言い換えますと、多元的で、宗教に縛られないものを大切にしてきたということですが。私と同じ考え方のひとはアメリカにもいますし、ヨーロッパにはたくさんいますが、私は多方向的な世界に――いずれかひとつの国に（私の国も含めてです）支配されることのない国に――生きたいと思います。すでにもう極端と恐怖にあふれる世紀となりそうな気配のある世紀を迎えるにあたって、私としては、もろもろの穏やかな改善に向う原理を支持したいと思っています――ヴァージニア・ウルフが「寛容という名の、もの静かな美徳」と呼んだものを。

居心地が悪くなったり、挑戦を突きつけられたような思いになる作品や思想には強烈に惹きつけられます。難解なものや、より高い基準を体現するものに対しても、そうです。より高い基準、それは何か。わかりません。とても抽象的なものかもしれません。*

これらの発言は二〇〇二年の東京におけるシンポジウムや『良心の領界』より取り出したものだが、推敲を重ねた論文とちがい、その場の討議進行上で語ることばの場合、真意をはかりかねる、または誤解をうむことがしばしばある。たとえば、彼女は映画論も書いていて、小津映画にくわしく、ことに原節子のファンであるのは知られていることだが、討論のなかで、（*印の発言につづけて）原節子の「顔から発せられる何か、一種の霊的な放射、光とも言うべきものによって、自分は成長している、深められている」と述べる。日本人のパネラーはこの思いがけない発言を美しい比喩として（笑）さておき次の話題に移ってしまったが、自己を「深化させる作用」を原節子の表情、身振りに見出す彼女の感性はヴァージニア・ウルフの「寛容という名の、もの静かな美徳」と重なるものだろう。討論は思わぬところで説明しがたい感覚を披瀝する。そこが現場での連続、不連続の面白いところかもしれない。

彼女は四十二歳のとき、子宮肉腫がみつかり、手術と化学療法を受け、それを克服したあと乳癌を発症、乗り越えたところでＭＤＳ（骨髄異形成症候群）を宣告される。そんな執拗な癌と彼女は三十年ちかくも壮絶な闘いをつづけていたのだった。一人息子のデイヴィッド・リーフによって書かれた『死の海を泳いで──スーザン・ソンタグ最期の日々』という母の闘病の記を最近読んで、彼女のどこまでも生き抜く強靱な意志に圧倒された。ソンタグは新しい医療の中に、病いに打ち勝つすべを探りつづけた。キリスト教も東洋の諦念というのともまったく無縁なところで。

子息・デイヴィッドはじつに真摯に、母の病床での葛藤を書き記している。ジャーナリストである彼が接した幾人かの医師の言動、母のさまざまな友だちの態度など、できるかぎり誠実に描こうとしたそれは、母の鎮魂である以上に、自身の鎮魂でもあったように思われる。

「母と癌とは古くからの付き合いだ。母はいわばベテランで、あまりにも知りすぎていた。さらに重要なのは、母が情報を収集するという行為に忠実であったこと、それはある種の人々が信仰に忠実であるのと同じだった。そこに母の、自分自身に関する最も深い確信があったのだ──事実を吸収し、理解し、その上でそれに対処する能力に対する信頼。母がよく言ったように、このような自己認識が物書きとして大いに役立ったし、さらに二度の癌を乗り切る助けにもなったと母は信じていたのである。母の考えでは、まさに自分の知的な力に従って行動したがゆえに乗り切れたのだ──つまり、病気についても、それに対する治療についても、学べることすべてを学ぼうと努力したがゆえに。奇妙な形でだが、母にとって情報は希望の同義語となった。」と彼は語る。

ソンタグが挑みつづけるその姿勢には徹底した「知りたい、知ることができる」があった。現代はインターネットで素人にも病状と治療の手だて、また、同病の人の話など知ることができる時代だ。私の父が癌で亡くなったとき（一九五〇年代）にはまだ今日ほどの医療の進歩はなく、患者にも告知されないことが多かった。あと十年もすれば医学はかならず癌を撲滅しているだろうとそのとき私は思った。だがそれから五十年以上すぎて、まだ癌は人体の奥深くの、なぞにみちた異物であるようだ。

研究も細分化され、わかったことは「人類が進化するために持たなければならなかった細胞」とか（獅子身中の虫とは譬えとしてあったが、）……「がんよ奢るなかれ」と現在も多くの医師と患者が闘っている。スーザン・ソンタグが二度も克服し、三十年も闘ったことに価値がある。若くして発症しても治療によって二十年、三十年も活躍する人がいる。あきらめない不屈の精神に人間の尊厳を想った。

ソンタグの著述で私が特に熟読したのは『ラディカルな意志のスタイル』の「沈黙の美学」の章だった。ここではランボー、ウィトゲンシュタイン、デュシャン、ニーチェ、クライスト、ロートレアモン、ヘルダーリン、アルトー、ケージ、ベケット、リルケ、ポンジュ、マラルメ、ノヴァリスなどに触れつつ、芸術の歴史的価値や近代芸術の「沈黙」をつきつめて考察している。今読み返してみて、かつて傍線を引いたところをいくつか記しておきたい。

芸術は、本来韜晦の形式であるから、たびかさなる非韜晦化の危機にも耐えぬく。（中略）古い芸術目標が攻撃を受け、表面上、別の目標と交替する。使い古された意識の地図は作りかえられる。（中略）そして究極的には、その存在権そのものが、改めて問題となる。

芸術はもはや告白ではないが、しかしそれは、いままでにも増して解放であり、禁欲主義の訓練である。

芸術家は結果的には、奴隷的であるか横柄であるかのいずれかの立場を取ることを強いられ、本来的に限定的な二つの道のいずれかを選ばざるをえなくなる。観客がすでに知っていることを観客に与えて観客に媚びを売るか、あるいは観客の気持を鎮めるか、さもなければ、観客に攻撃を仕掛け、彼らの望まぬものを与えるか。

現代芸術はこうして、歴史的意識によって産み出された疎外を全面的に伝承する。

観客との接触についての矛盾した感情《アンビヴァレンス》、これが最大限に拡大されたものが沈黙なのである。沈黙は、芸術家の究極の来世的ジェスチャーである。沈黙によって彼は、自分の作品のパトロン、依頼者、消費者、敵対者、調停者、歪曲者などの形で現われる俗世への隷属的束縛から、自己を解放する。

芸術家とは、彼あるいは彼の芸術が使い果たされるまで、自分の芸術を問いつめることに耐えることができる人のことで、これはほとんど証明の必要がない。ルネ・シャールが書いているように、「いかなる鳥も疑問の繁みの中で歌うだけの気力を持たない」のである。

芸術の歴史は成功した一連の逸脱行為の歴史なのだ。

ベケットは「この上ない窮乏をうらまず、受け渡しの茶番を演じるにはあまりにも誇り高い芸術についてのぼくの夢」を語る。しかし最小限の取引、最小限の贈り物の交換をも廃止することはできない——ちょうど、その意図はどうであれ、才能に恵まれた、厳格な禁欲主義であれば必ず、快楽という意味で（損失よりはむしろ）利益を産み出すものであるように。

充満を知覚するためには、それを浮き立たせる空虚について鋭敏な意識を持ち続けなければならない。逆に、空虚を知覚するには、世界の他の領域を、充満したものとして把握しなければならない。（中略）「沈黙」は必ずその対立概念を含み、対立概念があることによって成り立つ。

沈黙は n 度まで昇りつめた「慎み深さ」にすぎない。

言語は最も不純な、最も汚染されたものであり、芸術を作りあげるあらゆる材料のうちで、最も使い果たされたものである。

《眺めること《ルッキング》》と《凝視すること《ステアリング》》との相違を考えてみよ。《眺め《ルック》》は恣意的である。それはまた動的であり、興味が焦点を結んだり尽きたりするのにまかせて、その強さを増減させる。《凝視《ステア》》は本質的に強制的性格を持つ。それは停止し、転調もせず、「固定」したままである。

伝統的芸術は眺めを誘う。沈黙の芸術は凝視を産む。

有効な芸術作品の通ったあとには、沈黙という航跡ができる。

これだけの断片でも、ひっかかりなり、疑問なり、考える入り口が多くある。芸術批評の衰弱した現代になお、鋭い洞察があり、創作の意欲をかき立ててくれる。ソンタグの日記につぎのようなメモがあったという。

死ぬ前にぜひやっておきたいと、この二十年間自分に誓ってきたこと。

——マッターホルンに登る

——ハープシコードを習う

——中国語を学ぶ

学ぶこと考えること書くことが生きると同義だった彼女はたとえ百歳まで生きたとしても、（語学は別として）一般人のような趣味を楽しむ時間は持てなかったろう。「私の考えているのは、どんどん前に進むことなの、新しく始めて、出発点に戻ったりしないということ、それだけ。」と友に語る彼女は、哲学するものとして、時代をもろに肌に感じ、つねに問題提起をしつづけた。矛盾にみちた現実に誠実に答えたそれ故に「一貫したアンビギュイティ」（浅田彰氏の言）であった。世界の底流には欲望が渦巻いている。既成の枠組に疑問を呈し、かくされたものに警笛を鳴らしつづけること。多くの権威と呼ばれる批評家に抗して発言をつづけた、その気骨がどれほどのものか、言葉のまやかしを剔抉する知のアンテナと愛と強固な意志なくしてはできない。そんな女性がアメリカから出て、世界の良心に刺激を与えつづけたことを忘れることはできない。彼女は今、大好きだったパリのモンパルナスの墓地に眠っている。

参考として、スーザン・ソンタグの著作・邦訳
邦高忠二訳『ハノイで考えたこと』一九六九、晶文社
高橋康也訳『反解釈』一九七一、竹内書店
川口喬一訳『ラディカルな意志のスタイル』一九七四、晶文社
富山太佳夫訳『隠喩としての病い』一九九二、みすず書房
木幡和枝訳『この時代に想う テロへの眼差し』二〇〇二、NTT出版
木幡和枝訳『良心の領界』二〇〇四、NTT出版
スーザン・ソンタグの没後に出された本
『スーザン・ソンタグから始まる／ラディカルな意志の彼方へ』（京都造形芸術大学におけるシンポジウム）二〇〇六、光村推古書院
デイヴィッド・リーフ著／上岡伸雄訳『死の海を泳いで——スーザン・ソンタグ最期の日々』二〇〇九、岩波書店

（「Ultra Bards」17号、二〇一〇年七月）

雲と数の私的雑感

小学校（正確には国民学校）の五年生の春、わたしは親戚の家に疎開させられ、蔵の二階の小窓の出張りに座って一日中、流れる雲を見ていて飽きなかった。そんなとき、漱石の一節を唱していたのを今でも憶えている。「天璋院様のご祐筆の妹のお嫁に行った先のおっかさんの甥の娘」この関係の先へ先へと行くおかしな語句が雲の動きにぴったりきたのだろう。「and の感じ、if の感じ、but の感じ、by の感じ」とウィリアム・ジェイムズは言う。流れる雲はまさに、そして、もし、しかし、と次々にかたちを変えていく。これは、詩ともつながるように思う。

ゲーテの信条は「指先が記憶する」だったそうだ。手作業を通すこと。忘れっぽい私としては手元の紙にすぐさまメモしておく。その断片が忘れ去った時間の自己《セルフ》を呼び起こす。記憶として残るのは、繰り返し思い出すこ

とだ。初めての匂いも、手触りも、味も、歩き方も、ことばも、あそびも。

子供のころに「かくれん坊」と「だるまさんが転んだ」という遊びがあった。初めてかくれん坊の鬼になった時、暫くして目をあけると、仲間は忽然と消えて、見慣れた景色が音のない異なものとなっていて足がすくんだ。「だるまさんが転んだ」の後ろ向きの役もまた、黙したものが一刻一刻と迫ってくる恐怖にさらされた。こんなコワイ遊びをだれが考えだしたのだろう。

生活を囲繞する現象のなかでゆれ動くわたし。日々を継続するためには感情の許容量を超えないように、冷静な引き算が必要なのだろう。それにしても忘れるということが近頃多くなった。それに反比例して、なぜか古疵をしつこく思い出す。寝つけぬままに、その分量を計ると、わたしの被害と加害の天秤が釣り合っているのが判る。

自己は納得したことしか正当と認めない。それが幻想であれ、自己という幻想がなかったら人は立っていることもできないだろう。

右眼と左眼は別々の視点でものを見る。赤ちゃんはいつ、何によって統一なモノとして認識するのか。手でたしかめるのだろうか。情報社会は数えきれない眼で成っている。個々の遠近法がこんがらがった麻ひも状で送りこまれる。拾うもの捨てるものを仕分けするには体力がいる。

前の日のメモを見る。昨日はすでに過ぎ去って、読み返す時はありゃありゃの他人だ。どうしてこんなものが大事と思ったのかわからない。ひょいと頭に浮かぶ、これは脳に電極がはしってシナプスがあちこちに跳んだのだ。無作為と作為は、原料と工程にあるようだが、原料は外界の生ものであって、わたしではない。明日はどこから、何が、やってくるのか、わたしは知らない。

古書店を巡っていると、傍線を引いてあったり、ページの余白に妙な書き込みがあるのを見つけることがある。

この秋、ふと手にした詩集のノンブルに鉛筆の下線がつけてあるのに気付いた。ページをはじめから繰っていくと、7、11、13、17、23、29、31、37、41、43、47、59、……という順になっている。わたしが素数表を百桁まで暗記しようとしていたときだったので、偶然気がついたまでのことだが、単語や構文にはおかまいなく、ノンブルだけになぜ悪戯をしたのか、数字オタクかもしれない。

　一年の暦について、マヤ文明は精緻な計算を持っていた。マヤのピラミッド（メキシコ）は九十一段で成り、四面を合わせると三百六十四。その上に一個石をのせて計三百六十五になる。また、西洋のトランプは一から十三まで加えて九十一。四種を足してジョーカーを加えると三百六十五になる。また $10^2+11^2+12^2=365$ になるのもふしぎな一致だ。数は星辰とかかわっているとわかっていても未だ解明できないものがある。わたしには素数の階段は神秘としか思えない。

　数のふしぎは人を惹き付けてやまない謎だろう。四三〇〇年前に中国の亀の甲羅にあらわれた洛書の図というのがある。これは卦と関係のある最初の三次魔方陣といわれる。横縦斜めの和がすべて十五になる。（左上の図、左下図は「メランコリア」）

四	九	二
三	五	七
八	一	六

16	3	2	13
5	10	11	8
9	6	7	12
4	15	14	1

アルブレヒト・デューラーの「メランコリア」の背景には4×4の魔方陣が刻まれている。和は34になる。方陣の一番下の列に並ぶ15と14の数は、この版画の制作年、一五一四年を刻んだものだといわれる。それを知ってから、さらに月日を四月一日か一月四日じゃないかと勝手に夢想したくなる。描かれたものがすべて、寓意にみちているのだ。

　人の脳はパターンを好むらしい。現代音楽の不協和音や複雑なリズムのなかに、パターンを探りだそうとする。その緊張が引き延ばされることに脳が耐えられなくなるころ混沌のなかにその作品の意図を見出す。美は能動的な発見のよろこびなのだ。

　建築とは空間を生み出すこと、と建築家・リートフェルトは言う。詩集も一つの都市計画・田園計画・湾岸計画だとわたしは思う。

「鶏頭の十四五本もありぬべし」（正岡子規）この句が当時、鶏頭論争を呼んだという。表現の極致対単純な風景と。新しいものの解釈が分かれることは当然ともいえようが、この後、だれも「十四五」というのを使えなくなったのはたしかだ。現在も俳句界にはこのような活発な論争があるのかしら。詩でも事なかれの平和《ピンフ》はいいこととは思えない。

『レーモン・ルーセルの謎』で岡谷公二氏はルーセルの奇書『アフリカの印象』（Impressions d'afrique）のアフリカを＝àfric として印刷にはお金がかかる、つまり自費出版の皮肉をこめた題名だという。まったく自費出版の行為はほとんど因果としか言いようがない。

　人は表情や声の質やことば遣いなど、見た目で瞬時に相手を判断し保留しておくのだろうが、わたしはわたしの外見を知らない。わたしがわたしを判断する根拠は鏡にはない。なにを見透かされているか、考えるとおそろしいことだ。

　ジェイムス・ジョイスにささげる詩の冒頭に、ボルヘスは書く。「人間の一日にはすべての日々が含まれる」と。わたしの一日もまた、これまでの経験の縮刷と呼べるのだろう。

　いつの日か、人生の確定稿は成るのだろうか。産声の瞬間から終着の瞬間までの渡り廊下を、そして、しかし、なぜ、と歩きつづける。日々書き換えられていく自己とはなにか。どうしても超えられない自己とはなにか。脳は統合されないプロセスを未定稿としてさらして終わるのだろう。

（「Ultra Bards」19号、二〇一二年三月、改稿）

『年《とし》を歴《へ》た鰐《わに》の話《はなし》』にめぐりあって

　祖父母の住まい新屋《しんや》は本屋と道を隔てた真向かいにあったので、幼い私は用を言いつかっては往還を庭のように一日のうち何度も往き来した。新屋の隣には美津子さんという私より三つ上くらいの一人娘がいて、うなぎの寝床のような商家の奥では二階の物干台の手摺ごしに話ができ、誘われて柵を乗り越え遊びに行くことができた。魅力的だったのは美津子さんが童話や漫画の本をたくさん持っていたことだった。それも豪華な上装本で、戦前からのものが本棚にまばゆいばかりに並んでいた。漫画は「のらくろ」や「ふくちゃん」、童話はアンデルセン、グリムのほとんどをそのお座敷で読ませてもらったような気がする。私の家では戦記物や偉人伝、講談のたぐい、子供向けにはキンダーブックぐらいしかなかったので、美津子さんの部屋には明治の修養、大正の教養とはちがう子供の夢があふれていた。その中でも奇妙に印象に残っている本があった。それが五十年も記憶の底に沈澱していて、ある日突然浮上してきたのだ。

　前橋に吉原幸子さんがいらした時、むかし読んだ童話の傑作として、「年をへたワニが蛸と仲良しになって、毎晩蛸の足を一本ずつ食べていってしまう話がある、ついつい全部食べてしまって苦い涙を流すのね……」ということを話された。南洋の孤島を描いたようなその本の挿絵がすぐさま私の脳裏によみがえってきた。それは戦後はじめてバナナの皮を剥いた時の香りのようにつーんときたのだ。作者の名前も覚えていない、翻訳であったことも記憶にはなかった。

　それから私は事あるごとに古本屋を当たってみたが、鰐の話を知る人はなかった。一年ほど経ってなんと福音館から新しく出ていることをつきとめ、早速吉原さんに贈ったのだが、風味というか風合いというか、何かちがうのだ。新訳は出口裕弘氏のもので話の展開は同じだが、表題は『年をとった鰐の話』であった。吉原さんと「やっぱり〈年を歴た鰐〉でなくちゃね」と感慨を共有したのがうれしかった。

ところが最近になって、例の幻の初版本『年《とし》を歴《へ》た鰐《わに》の話《はなし》』が文藝春秋社から復刻版で出たのを知った。原作はフランスのレオポール・ショヴォで、翻訳は先年亡くなった山本夏彦の二十四歳の時の処女作である。私はいまは使われなくなった貨車の引込み線を辿るような気分で、その本を開いた。解説をみると初版は昭和十六年、東京の「桜井書店」というところから出ていて、戦後は岩波からも同訳で出たようだが、中学生になる頃はもう美津子さんの部屋に遊びに行くことはなかったから、私の目にしたのはやはり戦中の初版本のような気がする。今回、その復刻版を手にして懐旧の情はさておき、驚き感じ入ることが多かった。

まず山本夏彦氏の「はしがき」を見る。

「レオポール・ショヴォの作品を、我が国に移植するのはこれがはじめてだから、原作者はどういふ人物か紹介したいのは山々だが、実は訳者も彼の履歴の詳細を知らぬ。／知ってゐることだけを書けば、ショヴォは「北ホテル」の作者ユウジエヌ・ダビの友人で、仏蘭西《フランス》の現代作家で、まだ年も若い。ジイドをはじめ「新仏蘭西《フランス》評論」派の人人に高く評価されてゐるが、さりとて小説家といふわけではない。その作品は「年を歴た鰐」をはじめ、「紅雀」「小さな魚が大きくなるまで」「狐物語」など四五巻あるが、いづれも奇妙な動物どもを主人公に借りた異色ある短篇に自作の絵を挿入したもので、二十世紀のラ・フォンテーヌのやうだ。」

そして四版の序には、次のようにつけ加える。

「いま又装釘を一変して四版が世上に出る。訳者はその異数の売行きを且つは危ぶんで試みに桜井書店主人に質《ただ》したら、本書は童話と間違へられ誤って意外に売れたのださうだ。／通人の洒落本とも云ふべき本書が、百部、二百部好事家《こうずか》に珍重されようとも、世俗一般の嗜好に投ずる道理がないとひそかに信じてゐた訳者は、間違ひなら是非もないと、この返事を得て釈然とした。／疑念は氷解したが、ひるがへつて思へばこれが童話として世にいれられたのに決して不満はない。書肆が再三童話らしくない装釘をこらすのは、何とかしてこの一巻を少数の具眼者の手へ送りたい心情からではあらうが、思へばはかない工夫である。仮想具眼者の存在も現代ではそれと定かでない。むしろ悪性インフレとやらの波に乗じ、童話として世に転々し、この悉《ことごと》くが破れ、棄てられ、一部が好事家の手に帰することを庶幾した方が賢明であらう。／訳者が本書に傾倒することは旧《きゆう》に変《かわ》らぬ。ただ驚くべきは書肆の熱心で、開板当初に劣らぬ熱情を示す主人と対座中、彼こそ具眼者の随一かと訳者はしばしば舌をまいた。」とある。小気味いい文章ではないか。

現代仮名遣いの本で育った人たちはどうか知らないが、秋成、鷗外、漱石、紅葉、龍之介などで育った私たちの年代にはこのルビの多い旧字がなんとも言えず床しいのだ。そして若くても文筆に携わるほどの人は格調ある文体をもっていたし、その頃の編集者もまた具現の人であった。ここに見る山本夏彦氏と桜井書店主の相認める関係も可笑しくもまたうらやましい話である。昔はこうした変わり者の出版人がいたのだ。

実は私もこの本を、面白いお父さんが自分の息子に聞かせる気ままなお話とばかり思っていたが、「通人の洒落本」という言い方があったとは。なるほど、と納得させられる。明治以来の勧善懲悪物、また戦中の修身教育の中にあってこの翻訳本が童話の衣を着て、隠れたベストセラーとなったことは愉快である。後に福音館から出た『年をとった鰐』は年を〈経《へ》た〉という意味では同じであっても、年を〈歴《へ》た〉のシニカルな苦味という点でずいぶんちがう。福音館は「童話」の体裁で出版した。そもそも意図がちがうのだから、子供向けに訳した出口氏の翻訳の善し悪しに係わることではなかったのだ。桜井書店主はノンセンスを解する知を歴た読者を相手にしていたというのがそもそも偏屈な企画である。それにしても、当時の絵入り本の中で、この際立つモダンは子供の心に新鮮な印象を残したのだ。子供の私に生き過ぎた老齢の苦味がわかるはずもないが、生きることの哀しさ、淋しさの行方を知りたくて惹きこまれたのだろう。童話は子供自身が買うことより、親が選んで買い与えるほうが多い。戦時中、大政翼賛会に汲々としていた大人たちの中にも、江戸的な遊び、いわゆる洒落本や滑稽譚に知的好奇心を満喫させる手合、つまり風流人が少なくとも居った、ということを知るのはうれしい。

ちょっとだけ、幕の間からのぞかせてあげよう。

夜になって、蛸が眠ってゐるあひだ、年を歴た鰐の蛸に対《たい》する二つの愛の間に、恐しい葛藤《かっとう》が生じた。その高尚《こうしょう》な性質と、貞操《ていそう》と、献身《けんしん》と、智慧《ちえ》に対する愛と、その足に対する愛との間に。

この三行を改めて読んでみても、確かに、大人でなければ噛みこなせない奥の広い語句の羅列である。私たち子供はここをどう理解したのだろう。愛とは単純なものではないらしい、という程度であろうが、未知のことばの寄せ来るリズムに理解をこえて魅惑されていたのだろう。また、そこには素朴で珍妙な挿絵があって、理解の外を十二分に補填してくれたように思う。ここにあえて鰐の話の全文をお見せする気にはならない。勿体ないからだ。挙国一致の苦い時代の中でも上質なノンセンスがきらりと光っていた現場をのぞいてみる気がある方はぜひ買って読んでほしい。いまや戦中派の私たちは心ならずも生き過ぎてしまったような、悪い方向へ崩れなだれていく現代の社会状況に何の手出しもしなかったことで加担してしまったのかもしれない慚愧の念を共有しているのではなかろうか。若いころ、ピラミッドの建設を見たという鰐の嘆きがいま身にしみる年齢なのである。

（「Ultra Bards」11号、二〇〇四年八月）

吉原幸子の「うた」考

『吉原幸子全詩Ⅲ』の集大成によって、希有な詩人の詩業が没後十年を超えて、いっきょにいま、よみがえってくる。生前はその強烈な個性のために、概ね、鋭い眼光や酔いっぷりなどの人物論が多く、詩自体の分析にはふみこまれてこなかったきらいがある。私はそこにもどかしさを覚えていた。吉原さんはひとくくりに愛の詩人と言われがちだが、愛という何ともとらえがたく、感じるしかないものを表現するにはもちろん卓越した技がいる。

新川和江さんが吉原さんを「匂いやかな」と評するそこには、高校時代の歌舞伎の観劇、大学では仏文を専攻し、戦後のフランス文化の奔流のなかでジャン・アヌイ、ジャン・ジロドゥの演劇に熱中した、という文学的経験が大きいといえる。また、幼少のころから人へのいたわり、愛にみちたことばで育てられたお母さまの影響が強かったことがこの全集からもうかがわれる。吉原さんの子供のころの作文を読むと、いい子を装っている（ご本人曰く）とはいえ、日本語の美しい遣い方を知悉しているのがわかる。詩のなかに「こどく」「のうずい」とひらかなで置いたり、詩のタイトルに「むじゅん」「あのひと」「けもの」など、概念的な漢字ではなく、感性のやわらかさで愛しいものを表現したいという、独特なこだわりがみられる。

『幼年連禱』が室生犀星賞を受けた当時の評をひろってみると、「論評しにくい詩というものがある。その詩を読んで、何も言わず、黙っていたいと思うような詩がある。（中略）その甘美で、しかも心につきささるようなリズムにうたれた。（中略）僕がこの詩集を読んで感じたことは、それが何かという言い方ではなく、われわれが何を喪失して暮しているかという言い方で言った方が、もっとぴったりするように思われる。」（黒田三郎）、「心にのこることは、なによりもここには「うた」があるということである。言葉の伝統がもつひとつの秩序へのすなおな信頼が、彼女に「うた」を与えたのだといってもいい。」（石原吉郎）、「立ってゐるのね　という女言葉の優しさと痛切は、おそらく千万言費やしても言いかえのきくものではあるまい。」（谷川俊太郎）等々、詩人たちの言はそのひびきに集中している。

「論評しにくい何か」は音律にある。うたを忘れたカナリアをなぜ歌わないかと分析することはできるが、うたを歌うカナリアを批評しにくいのは、そのうたが無言でうなずくことを強いるからだろう。吉原さんの「うた」は抑揚や間によって、西欧的なダーザイン（存在）を浮かびあがらせる。

『幼年連禱』から、まず、評者をして黙さしめた「無題《ナンセンス》」を仔細にみると、この詩のすぐれて構成的なつくりがわかる。

風　吹いてゐる
木　立ってゐる
ああ　こんなよる　立ってゐるのね　木
風　吹いてゐる　木　立ってゐる　音がする
（中略）
おそろしさとは
ゐることかしら
ゐないことかしら
また　春がきて　また　風が　吹いてゐるのに
わたしはなめくぢの塩づけ　わたしはゐない
どこにも　ゐない

一読してわかるこのリズムはけっして伝統的な短歌の流れではない。そこを回避していくために使われているのが切断（打楽器）とレガート（弦）の組み合わせによるリズムだ。

一連目のモチーフのおわり三行目を強拍で切断し、二連目は「ゐる」を縦に重ねたあと、ふっと視覚を聴覚に転換する妙味。また、硬質の第一モチーフに対して、三、四、五連にレガートでやわらかい第二モチーフ〈水、泡、なめくぢ〉を対置し、そして六連目にカデンツというべき異質なものが二字おろしで挿入される。この存在論的な問いかけにはだれもが自問を強いられる。そのあと、めぐる季節感をのぞかせ、漸次、フェイドアウトにむかって、〈ああ　こんなよる〉というちいさなつぶやきに了わる、このように彼女の語感には曲想への細心の配慮がある。

この詩を劇の面から見直しても、そのダイナミクスがわかる。

まず、主語につく助詞〈が〉をカットすることで、象徴を屹立させ、二連目の木と風のリフレーンのあと、さっと〈音がする〉にかわす、視覚から聴覚へのかわし方は転調の効果を知っている技である。つぎに、読者は助詞「の」につながれ、浴室の気配をうかがうことになる。そして〈ゐなくなるくせに　そこにゐる〉奇態なものへの悪戯に微笑んでいると、いきなり〈おそろしさとは〉という仮名ばかりの疑問符を突きつけられる。この衝撃は深夜の緩慢な動き〈にがいあそび〉を収斂した匕首になる。作者は、考えたらこうだとはけっして述べない。この〈～かしら〉という問いが痛切なひびきを持っている。これはジロドゥ劇のニンフ性によせる彼女の傾倒を語るものであろう。

重ねて言えば、構図において、「確たる存在の木」と、「ちょっとした悪戯で消えてしまうなめくぢ」の対比。その間に位置する「わたし」。さらに「風吹く、黒々とした外界」と「電灯の下のぬるま湯の浴室」の対比。ここで象徴的なのが、木もなめくぢもわたしも「裸身」であることだ。存在をむきだしにする、そこに清らかさとおののきがより鮮烈な印象をのこす。「おそろしさとは／ゐることかしら／ゐないことかしら」の三行は、純でまっすぐな少女の問いとなって、読む者の即答をつまらせる。この詩が清純そのものの代表的作品として残る所以であろう。

もうひとつ、音に関していえるのは、行尾のととのえ方だ。この詩のそれぞれの脚韻をきくと、「るるきるのびゅ　るをぢるる　はらら　にいいのる」となる。この音列は浴槽のふちに置かれたタオルから途切れがちに落ちる透明な水滴のように私にはひびく。

さらに視覚的に際立っているのは、ここに頻出する〈ゐる〉の旧カナである。これは存在と非在とを異様に印象づける。いま、なぜ旧カナか、という問いが当然でてくる。文部省のお達し（内閣告示・昭和二十一年十一月）で〈おまへ〉や〈ゐる〉は〈おまえ〉、〈いる〉に表記が変わったからといって、即座に改めるには身体的に反発するものがあった。エクリチュールは旧カナと密着してあったのだ。〈ゐる〉のうずくまった形象は〈在る〉という姿をあらわしている。変り身とは縁遠く、強情なまでにがんじえない彼女の骨の髄には失われた旧カナへの思いがつよくあった。いまの若い人には気障に思われかねない旧カナ遣いに固執するのは、吉原さんの矜持だった。吉原さんは想いをうたへ昇華させるきわめて繊細な技巧派であったといえるのだ。

ところで、このタイトル「無題」に「ナンセンス」とルビをふったのはなぜか。浴室での無邪気な戯れにいまは年かさになった作者としてのはじらいがすけて見えて、この作品のイノセント（無垢）に意味のつよいルビは余計なものと、私には思われるが……、と生前の詩人に直接ぶつけたとき、吉原さんは否定も肯定もせず、微笑んでおられた。このルビは、幼年の回想と現在との距離を示すためのルビ、といまの私は納得する。この詩人は自己批評でその世界を支えてきたのだと思う。それはとても不安なことだ。『全詩Ⅰ』の「自作の背景」のなかで、吉原さんは語っている。

S（筆者注＝吉原自身を指す）にとっての関心の所在は——少くとも〝詩〟のテーマになり得るものは、ほとんど常に個人的な人間関係（愛）、及びそれをめぐる自分自身の感情の状態ばかりであったのだ（『幼年連禱』も〈母への連禱〉に分類すれば——）。これは近年に至るまでSの世界の決定的な限界線となってゐるが、Sはその点をあへて自認し、弁解を試みようとも、他の姿勢をとらうとも思ってゐない。自らの最大の関心事に対して、ただいつも忠実であらうとして来ただけなのだから。

自作の引き受け方がここにある。「決定的な限界」という自己批評は、いうならば「心境詩」ということだろう。創作のモチーフは現実に目の前に起こったものと対峙するところから始まる。吉原さんの場合、ブニュエルの「昼顔」のテーマや、ジロドゥの「オンディーヌ」を端緒として、ヒロインのキャラクターに自己没入し、「傷の深さが／愛の深さのやうな気がするのです」（「翔ぶ」）と詩のなかで訴える。このように中期の詩には傷をモチーフにした詩が多く見られる。

無償の愛をテーゼとし、その極限に自らを追いつめるような青春を生きた吉原さんにとって、愛はいつでも昂揚、不安、断念、未練、不信、孤独などアンハッピーとハッピーが撚り糸になっている。思春期においてだれもが通る道とはいえ、感性豊かな人ほどその渦中に投げだされる。そうしたなか、ほとんどの詩人が周囲との違和感、コンプレックス（差異）によって詩を書きはじめるのではないだろうか。「人間は差別されなければならない。それは差別されることで、自分の位置が確認できるからです」（石原吉郎）の言もある。その位置から、詩人は書く道程をきりひらいていく。吉原さんの中期の作品は愛をめぐるきびしさと愉悦をさらしてきた。彼女の詩は愛の傷手を背水とする生の希求につらぬかれている。

そこにみずからの苦悩を超えるいのち綱のごときものを感受した女性ファンが多くいたのだと私は思う。また一方で、「暗い詩は読みたくない」という批判的な読者がいたこともたしかだ。

詩に立ち向かう多くの詩人たちがことばの必敗にかけるエネルギーを、彼女は必敗の不当性を告発する「うた」に変えたといえる。それは記号として読みとる活字よりも、聴覚から浸みこむ肉声のひびきに詩の源泉を感じていたからだろう。吉原さん自身、詩人としての出発においてアヌイやジロドゥ劇の影響をあげているように、このひびきのにごりのなさ、強烈な訴求は舞台から発せられるとき、より効果を発揮する。

昭和ひと桁世代が育った戦時下では、まだ女性に個性はいらないと思われていた。女らしさという都合よくつくられた美徳に合わせて所作をかたちづくることが、明治以来の女性のたしなみであった。彼女の詩が日本的な自己矮小をよそおった肯定におちいらないのは、こうした背景の上に立つ知的「ノン」であり、直情の疑問符だからだ。また彼女が絶対なる肯定をみせるのは「愛」といういのちの根源に無条件に屈するところだ。その大肯定に立つかぎり、愛のための執我と愛のための捨我の両極に引き裂かれた血みどろのドラマが生まれるのは必然であろう。彼女の「純粋病」はそうしたものを自ら追い求めていったといえるのではないだろうか。

さて、そのドラマはどんな終曲をむかえたか、『吉原幸子全詩Ⅲ』によって明らかにされるいま、集中の「あのひと」(『花のもとにて 春』所収)と「発光」(『発光』所収)の二篇にふれてみたい。

萩原朔太郎賞受賞当時、「新潮」に載った選評に興味深いエピソードが書かれていた。

「十五年ほど前、ＮＨＫ・ＦＭに、音楽の好きな人から話を聞く番組があった。ある午後登場した彼女は、自分が泣きはじめるときのリズムは、モーツァルトの『交響曲第四十番ト短調』の出はじめのリズムと同じだと言った。たいへん気障なようにも聞こえるその言葉を、自分のありのままをじつに素直に語ったものと私は感じた。そして、彼女の詩学の一端に触れたような思いをもった。」(清岡卓行)

彼が言外にふくませているのは、『交響曲第四十番ト短調』はかの小林秀雄の道頓堀体験としてあまりにも有名で、モーツァルトの宿命的な調といわれるト短調に「疾走する悲しみ」とつけた小林の評言もあるからだ。出だしのアレグロ・モルツに何のてらいもなく〈泣きはじめるときのリズム〉という吉原さんの身体感覚。青春時代のレコードは針が盤上をこする音まで混じって蘇るものである。針は彼女のキイワードでもあるが、たたみかけられるとかなしみは増幅していく。ここで、彼女が亡き母をうたった「あのひと」を引いてみる。

あのひとは　生きてゐました／あのひとは　そこにゐました／ついきのふ　ついきのふまで／そこにゐて
笑ってゐました

あのひとは　生きてゐました／さばのみそ煮　かぼちゃの煮つけ／おいしいね　おいしいねと言って／そこにゐて　食べてゐました

ついきのふ　八十年まへ／あのひとは　少女でした／あのひとの　けづった鉛筆／あのひとの　こいだぶらんこ

ついきのふ　三年まへにも／あのひとは　少女でした／あどけない　かぼそい声で／ウサギオーイシ　うたって

　とつづくこの旋律は、谷川俊太郎の詩、「生きる」に呼応して書かれた朗読詩ということもあって、最愛の母を見送った悲しみが素直に伝わってくる。二連目の「さばのみそ煮　かぼちゃの煮つけ」と生活の匂いへの引き寄せ方、また三連四連に「ついきのふ　八十年まへ」と「ついきのふ　三年まへにも」「あのひとは　少女でした」と回転させ、ついで六、七、八連と思い出の品々をつらねる〈疾走していく悲しみ〉が「あのひとは　生きてゐました」のリフレーンで閉じられる。私はこの自作朗読を二回ほど聴いたが、遠くの闇を凝視してみじろぎもしない、その声の捧げ方に射すくめられた。彼女の発するオーラは舞台に立つ女優そのものであった。

　つぎに、最後の詩集の表題ともなった「発光」をあげる。

発光

《傷口は光る——新技術事業団が解明》
そんな見出しが　こともなげに
二段抜きの小さな記事につけられてゐる
〈五日後、一秒間に三十個の光子を検出……〉
肉眼には見えないが　光るのだといふ

あのなまぬるい赤い液体にばかり気をとられてゐたが
さうか　傷口は光るのか！
六ミリ四方の皮膚を切りとられたハツカネズミの
聖なる背中が　わたしの中で増殖する

実験用ウサギのつぶされた目も

あの女《ひと》の法衣の下の乳癌の手術あとも
〝車椅子の母〟の帝王切開も
聖《サン》セバスチャンの脇腹も　折れた象牙も
今もアラブで行はれるといふ女子割礼の傷口も
シーラカンスの傷もシイラの傷もシマリスの怪我も

ホタルのやうに　夜光虫のやうに
ヘッドライトに浮かぶ野良ネコの瞳《め》の燐のやうに
この地球《ほし》のなつかしい闇にただよって

あんなにキリキリと痛んだわたしたちの生《いのち》も
ほら　やっと静かにまたたいてゐるよ
あそこに
ハツカネズミのとなりに

「発光」は吉原詩の終期の代表作のひとつになるであろう。

吉原さんは舞踊は詩に似ているとエッセーに書いている。激しい動きのあとの沈黙に、〈小指一本の動きが緊迫した空間をふるわす〉のと同じ感動がこの終連四行に置かれている。「ほら　やっと静かにまたたいてゐるよ／あそこに／ハツカネズミのとなりに」と。ここに至りついた静謐に私はおどろく。苦悩こそ愛！という吉原作品の道程を追ってくると、ここの個人を超えた観照の深さがひとしおに感じられ、実験用にされたハツカネズミのとなりに、パーキンソン病の身を受け入れている詩人の姿が切実にせまってくる。

二十一年前、私は長崎の詩誌「海」に九回にわたって吉原論を連載させてもらった。その間、吉原さんは私の批判めいたことばにも後輩への温情でやさしく見守ってくださった。激しく燃えた吉原さんは晩年、子息・純さんの押す車椅子で現れ、「倖せです」と仰った。ほぼ三十三年かけて、「無垢」と「発光」はリンクし、光輪を完成させた。キリキリと人生の龍頭《りゅうず》を巻き上げてきて、巻き終わったときはじめて時がしずかにほぐれていくように、詩人の刻々の闇と光りを、いまあらためてしんしんと受けとるばかりだ。

（「現代詩手帖」二〇一三年二月号）

作品論・詩人論

國峰照子の贅沢な詩質

藤富保男

■探

國峰さんと彼女のお嬢さんとぼくの三人がパリにいたことがある。國峰さんの個展のためであった。

その個展のひらかれる少し前に、ちょっとした郊外散策をした。

実はジャン・コクトーの墓に行ってみようということになった。

パリではモンマルトル、ペール・ラシェーズ、モンパルナス、パッシーなどの墓地が有名である。けれどもジャン・コクトーの墓はパリ市内からかなり遠方にある。リヨン駅から急行で約四十分。フォンテン・ブロー・アヴォンまで。フォンテン・ブローといえば、「バルビゾン派」の画家たちの地。森が延々とつづく田舎である。もちろんタクシーをとばして何も音のしない田舎の街道をまっしぐら。ミィイ・ラ・フォーレまで三人はだまって運転手のハンドルに任せたまま。約二十分。

さて到着。われわれ三人はこの町のツーリスト事務所へ。しかしちょうど日曜日で休み。さて……？　頭をひねったが……。その時ふと、國峰さん一人がいない。あれ！と思った時、彼女は一人のオジサンと何やら話をつけた様子――とにかく國峰さんが老紳士をつれて現われた。何だ！と思ったのは瞬時。そのオジサンは、われわれ三人をある教会の入口までつれて行ってくれた。その入口の鉄柵には、本日は閉じられている旨の表示。そのオジサンをふくめて、こちら三人はガックリ！

たまたま私事になるが、ぼくは閉じられた鉄柵に手をかけて、その館の庭先をのぞいたのである。「あれですか？　コクトーの墓は」「Oui! Oui!」と老紳士。ぼくはコクトーの肩のあたりを見た感じであった。

われわれ三人は近くの「L'Orpheé」というレストランに入って一服したのである。その時、先刻の老紳士が、われわれが休んでいるのを察知したのか、再び出現。折角日本から来て気の毒だから、とわれわれ三人を連れてこの小さい町を案内してくれることとなった。「あれがジャン・マレーとコクトーが住んでいた家だ」「あれに見えるのが十二世紀からあるマーケットだ」——とにかく親切がトシをとった人にのり移ったように説明。

それにしても國峰さんが独力で一人の懇切きわまりないオジサンと、どういう会話をしたのか定かではないが、彼女の独断力、判断力におどろいたものである。

彼女の判断は詩にもよくあらわれている。要するに〈ソレ！〉と思うとひらめきの速い人。その瞬発的な判断が彼女の詩にもよくあらわれているのを見逃してはいけない。

國峰さんはそのオジサンに、彼女の個展のオープニングに、どうぞ来てくれるようにと彼女の案内状（下図）を一枚渡していた。

Teruko Kunimine

Poésie visuelle.

Vernissage mercredi 28 novembre 2001 à partir de 17h.
Exposition jusqu'au 12 décembre 2001

Galerie Satellite Espace Marie K 7, rue François-de-Neufchâteau
75011 Paris Métro Voltaire ou Charonne tel. 01 43 79 80 20
mmaisons@net1.kdd.fr Du lundi au samedi de 13h à 19h.

■奇

スペインの古典「ドン・キホーテ」を背景に國峰さんは独自の脚色を加え、混じえて、歴史上の有名な英雄を掌の上にのせて詩化してしまった。たとえば「曲鼠《くせねずみ》」の一部

（三行のト書のあと）
――ドン・キホーテがまたやらかしたぞ
――動物園でライオンの檻を開けちまった
――それで喰われちまったか
――折しもライオンは好物のヒユを食べていた
――それでどうなった？
（ふたたびト書三行があって）
――ライオンはおこったろ
――名乗る間もなく爪の一撃をくらったか
――いやいや尻を向けて無視したのさ
――詩人は同類に会うのをきらうからな

こういう調子がつづく。ヒユというのは葉が菱形で柔らか、小さい花を穂状に付け、この国にも類似した野生種がある。ここでは比喩を揶揄しているが。とにかくドン・キホーテと風車、サンチョ・パンサ、ロシナンテなどをまさに手玉にとって國峰流料理によって、全く様相のちがうドン・キホーテの行状詩となって一冊にしたのが彼女の第六詩集『ドン・キホーテ異聞』である。

もう少し抉ってみたい。「御品書」という詩。國峰さんが設定したのは、〈セルバンテス通り　二十六番街地下一階の月曜日定休の喜呆亭〉という架空の店舗を設定。まずこのような店を考えた國峰さんに驚くが、その店の御品書に目を転ずると、例えば、

玉子とじ平意手行句也相合傘《ひらいていくやあいあいがさ》　五百五十円
かき玉野葛詩手生着留守余生加奈《のくずしていきるよせいかな》　五百八十円
親子丼産列多羽刈手介護巣留《うまれたばかりでかいごする》　六百五十円

などなど、十七種類の造作造語メニューの一覧。

誠に手のこんだ料理。いや御詩名書に抱腹絶倒しない方がおかしい位である。

國峰さんのペンに、このような超越したオドカシとくすぐりがあるのは特記すべきだろう。こういう発想をスペッシャルと呼びたい。

たまたま私事になるが、國峰さんからぼくにドン・キホーテにまつわる添画を描いてくれという依頼があった。もちろん彼女のドン・キホーテの詩を読む前であった。ぼくとしては、それなりのこのスペインの奇王――ドン・キホーテにまつわるイタズラ画を何枚か描いた。しかし彼女の創作したドン・キホーテは、ぼくのつまらない挿画をはるかにとび越えた詩ばかり。俗な言い方だが、まさに〈カブトを脱いだ〉のである。（当然ごく平凡なぼくの画は、この文庫版の國峰照子詩集にはのっていない。心からヨカッタ！と思っている）
要するに彼女の飛び抜けたイロニィにぼくは追いつけなかったのである。

■音

國峰さんには『二十歳のエチュード』の光と影のもとに――橋本一明をめぐって』という一冊の著がある（二〇一四年三月一日、洪水企画刊）。

東京大学教養学部（以前は第一高等学校）在学中に投身自殺をした原口統三（一九四六年没）という鮮烈な個性をもった一青年がいた。その友に橋本一明《いちめい》がいた。橋本はルイ・アラゴンなどの訳した詩文学徒でもあった。

たまたま國峰さんと同郷の群馬県高崎市の人。橋本も不運にも四十三歳で病で斃れた。その橋本一明にまつわるエッセイを一冊にしたものである。

前置きが少し長くなった。國峰さんはこの橋本家の姉からピアノを習っていた。ここが一つのポイントとなる。

國峰さんで特記しておかねばいけないのは、彼女の詩のスピリットの裏に音楽があることである。

彼女は音楽や美術の道を選ばず、詩の長い路を歩きつつづけている。彼女の詩の奥には〈オン〉がひびく。非常にゆるやかな流れに、釘か鋲がポツン、ポトンと落ちるようなオトを聴くことを忘れないで欲しい。國峰さんが作為を込めて仕組んでいるオトがあることを、読み手は考慮すべきだろう。

　音は見えない。感性にひびくのである。

　絵や音は詩の中では〈従〉の位置かも知れない。けれど彼女の意図する詩には、必ずこの〈従〉になっている音楽の素養があることをここで書いておきたい。四十三頁の「四分三十三秒の欠滞」が、アメリカの作曲家ジョン・ケージのパフォーマンスの演目であるのは誰しもが知っている通りであるが、「音」のないオトも彼女は意識している。

　この拙稿では、國峰さんのパリの個展の詳細は書けなかったが、詩のフィールドを歩く一詩人、國峰照子さんの幅の広い眼と耳の概要をお伝えしたかったまで。

國峰照子論

奥成 達

「モダニズム女性詩人」というような呼び方がいまそのまま通用するのかどうかわからないが、北園克衛と何等かの関わりを持ったかつての女性詩人たち、たとえば左川ちか、江間章子、塩寺はるよ等を、そう呼ぶことはできるだろう。

　そして、この系譜の流れをたどっていくと、伊東昌子、山中富美子、友谷静栄、中村千尾、井上充子、さらに白石かずこ、森原智子、堀内れい子、辻節子等々の「VOU」に在籍していた女性詩人たちの歴史につながってくる。

「gui」のメンバーである國峰照子さんは「VOU」に直接参加をしてはいなかったが、やはりこのグループに属する詩人の一人に数えられるのではないだろうか。

　こういうレッテルを先に語ろうとするのは実はよくないのだが、という位置づけからあえて始まって國峰照子詩を当てはめ読み直してみたいと思う。

もともとぼくにとって、その詩作の多様性、表現の間口の広さに、一体どこから手をつければいいのだろうかと、しばし迷い、ずっと先送りにしてきていた詩人でもある。ユニークなどという平凡な言葉がまるで色褪せてしまうような、こんなに多彩で面白い女性詩人は後にも先にもこれから決して存在しないだろうとさえ、言い切れる。

九州の詩人、柴田基孝さんの遺稿集『別の場所から』(あざみ書房)に、國峰さんが颯爽と登場してくる。

> 実は私は九〇年に群馬に出張のついでに、小山さん宅に寄った。そしたら、高崎駅まで國峰さんが迎えに来てくれていた。最初に國峰さんの家に連れて行かれた。
>
> 「柴田さん。ご自分の詩を朗読してくださいませんか。」
>
> と國峰さんはいって、詩集『耳の生活』にある「半練りの地獄」の朗読を所望し、さっさと自分でピアノの前に座った。伴奏をつけるという。國峰さんはピアノ教師をしているので、大きな板の間にグランドピアノを据えているのである。私は緊張しながら大声を張り上げて朗読し、ピアノがぴったり寄り添って和音を奏でた。ふたりだけの朗読会であった。
>
> (「ALMÉE」一九九七年六月)

柴田さんは二〇〇三年に七十四歳で亡くなられた福岡の詩人である。「尖塔」「ALMÉE」の同人で、ぼくも東京で三回ほどお目にかかったことがある。

もちろんその詩作品の面白さは格別で大ファンだった。

ずいぶんと昔の話になるが、作曲家・ピアニストの三宅榛名さんが、自分がピアノの音を出すたのしみは、他の誰の音ともちがう、他人の出せない自分の音色を弾くというたのしみがまず第一だと言われていたのを思い出した。

そしてもう一つ。すっかり近代化されているはずのピアノが、かつての初期のピアノが持っていたであろうごく個人的な音楽感覚、音楽の感触が、一瞬ノスタルジックな記憶として、音色によみがえってくることがときにあるらしい。

その一瞬を味わえるのも、ピアノの音を出す（弾く）大きなたのしみの一つである、と言っておられた。

ピアノを弾けないぼくにはおよそ考えもつかない世界の話であるが、興味深い。

つまり楽器として平均化されることで、かつて切り捨てられていった個々のピアノの個々のバラつき（＝個性）、機械的未発達だったゆえの不安定さ、その微細な音色の危なげなスリル、そんなかつての世界にあるとき触れられることがピアニストにはあるらしい。いかにも三宅榛名さんらしい。

とっくに失われていたはずのピアノの音色があるとき突然復権するのである。

これが「たのしみにピアノを弾くときのたのしみ」のもう一つだ、と言われていた。

この三宅さんの「ピアノを弾くたのしみ」のエピソードは、國峰照子さんの「詩をつくるたのしみ」方に、どこか共通しているような気がする。

近代化され、平均化され、切り捨てられていった、個々の「ことば」のバラつき、不安定さ、その微細な「ことば」が元々持っていた危なげなスリル。こちらは「失われたことばたちの復権」である。

國峰さんが「たのしみに詩をつくるたのしみ」は、こんな一瞬を再発見するようなところにありそうだ。

そしてもう一つ。

「郷愁《ノスタルジー》とは、けっして回復されることのない青春の全体を回復しようとする灼けつくような願望である。」

一体誰の言葉だと思いますか？

これはなんと平岡正明。

そして、「これを単なる後ろ向きの懐古主義、オヤジの自閉とだけとらえるのは不遜である。最低限穏やかに言ってそれは、自分の居場所や足つける場所についての位相を見失い、とりとめない「現在」に行き暮れた若い世代にとって、まだ十分摂取できる豊かさについてその可能性を考慮しない不幸につながる。

だから言う。平岡正明とは耳の人である。耳を軸足にしながら「現在」に「歴史」の奥行きを与えようとする知性である。くれぐれも、表層の「現在」の速度にのみ依拠せず、静かに、そして方法的に読まれんことを。」と書くのは、全身民俗学者、大月隆寛である。

そのままいまの現代詩の状況に適用できるコメントのようでもあり、國峰照子の作品論にもなっていると思う。「後ろ向きに前へ進む」ことで「振り返るのではなく」「未来への視点も交差させることで、一つの遠近感が得られる」(坪内祐三)のである。

國峰さんの詩がどこかノスタルジックな雰囲気をただよわせてくるのは、こんなところにもあるようだ。その人間観察の眼、含羞ある内省の仕方、奇想天外なユーモア、どれをとっても懐しい人間像がしのばれてくる。

ぼくは國峰さんの略歴については昭和九年(一九三四)生まれとだけ知っているだけで他のことについてはまったく知識がなかった。

「gui」のメンバーに入られたのは一九八九年27号からだから、およそ二十年来のお付き合いになるというのに、そうした会話をこれまで一度もしたことがないのだ。あとはお酒はのまずコーヒー好き。それにかなりのヘビースモーカーであること。それくらいである。

それとお話をしているとそのウンチクの幅がやたらに広く大きく、それも一般的な意味での教養というのではなく、たとえば『開演前』(一九九五・十一、書肆山田)の「幻覚王イェージ来たる!」を「gui」の生原稿で最初に読んだときには特にビックリして、それからさすがとひどく喜んだ。

やはり國峰さんを語ろうとするには、いきなりピアノの前に座って柴田さんに自作の朗読を要求してしまうその「音楽」との普段からの密接な関係に触れなくてはならないだろう。

二〇〇六年十一月二十五日に銀座のギャラリー・アートポイントで國峰さんの一人朗読会が開かれた。

ぼくは仕事の都合で五分ほど遅刻。入口で天童大人さんに会費を払うと六枚のプリントを渡された。今夜、國峰さんが朗読される詩の全篇である。

もう朗読はすでに始まっていて椅子は満席である。ふと見廻すと白石かずこさんの隣の席が一つだけ空いていたのでそこに座る。

みんな手元のプリントを見ながら朗読に聞き入っている。

國峰さんの足元にはラジカセが用意されてあり、そこからバッハが朗読のBGMのように流れている。(ヴィオラダガンバとハープシコードのためのソナタ。ピアノ・グレン・グルード)

『開演前』の詩「dent」の音楽は、メレディス・モンクの「PARIS」と「GAME MASTERS, SONG」。「dance」は、角田響子「バレエのための曲」(角田さんは作曲家・ピアニスト。そして國峰さんのお嬢さんらしい)。

詩集の中では実はこの二篇にはもともと次のような但し書きが最後に付けられてあった。

「〈dent〉と〈dance〉は円形舞台上、背中を対峙して奏される。たとえば、dedentedanten、あるいは、tandencededenのごとく、混入して。」

まったくもって面白い。こんなところまで用意周到に計画されてあるのだ。

当夜は「デデンテダンテン」は聴けなかったが、さらに「四分三十三秒の欠滞」では、メトロノームを!の数だけ鳴らすという、いかにも音楽家ならではのパフォーマンスを見せてくれた。本来これも詩集の中では〈年古りたGRAND PIANOによる〉と、但し書きがある。

タイトルがそうであるように『開演前』は凝りに凝った音楽劇が次々に繰り広げられる仕掛けだらけの詩集で、その圧倒的な言葉の量と音の構成にめまいさえ覚えるほどである。

たとえば〈一夜〉の「冥界の花火」は〈聲明とうなり竹〉、「四分三十三秒の欠滞」は〈年古りたGRAND PIANOによる〉、「幽玄」は〈Violin と Violoncello の二重奏〉。〈二夜〉には「玉蟲色のラグタイム」がはじまり、〈三夜〉は「オペラ」、〈四夜〉はサクソフォーンのインプロヴィゼーションから、次々に楽器が変わってなんと十一種。〈八夜〉にいたっては「庭番のフジ・トミィなる男」が登場し、「ブーイングを背にフジ・トミィは咳ばらいひとつ、番外に立つ」のである（もちろんこの男は、きっと藤富保男氏にそっくりの人物なのだろう）。〈十二夜〉の「悲痛音階による下降線上のアリア」は、まるで漢（感）詩だ。「ヒクシヘクシ」あり「カフカ」あり「イェージ」あり、「フジ・トミィ」まで出てきて、面白すぎて、この狂言綺語だらけの詩集をどうやって批評したらいいのだろう。

「春の弟子たち」は、角田響子「歌の伴奏曲」。「夜半楽」には、狂言師・茂山千之丞一家による歌、笛、小鼓、太鼓のCD「BASARASARA」が流される。

ちなみにその狂言の作詞は久保田呉春。

ついでにバラしておくと、この日本酒の銘柄を二つ並べたふざけたペンネームの久保田呉春とは、ぼくの弟の奥成繁である。

最後の詩「十二指のホロロンカ」には、角田響子の曲「バレエのための」が流れる。やはりこれはいくつかの小品を正味一時間のコンサートで演奏しているピアニストの様子に似ている。

曲の選択の仕方もふくめていわゆるBGMの音楽とはとても言えない。それぞれの詩作品、そして音楽は、その一時間全体のごく小さなパーツのようだが、そこには構成されたひそかな役割が一つずつ与えられ、そこここに異なった光が当て直されている。

あきらかな作曲家的意図によって、詩作品の新たな組み替え作業が行われ、結果、一曲一時間の大曲となって流れ演奏されている実験的なコンサートの夜だったとも言えるだろう。

國峰さんの詩は、とりあえず一篇一篇作曲された音楽の一曲だと思えばいいのではないだろうか。だから多面体でいくつもの意味を持ちうる。いわば自分と詩を冷静に客観視している。

普通、詩はいわば横並びの線で、そこには一つの意味しか持たない。いわば即興の音楽とイコールする世界である。

白石かずこさんの詩ほど「音楽」のように感覚で理解しなければけっしてわかり得ないと言いきれる詩人は、かつていなかったはずだとぼくは思っていたが、それは彼女の詩は「言葉以前の言葉」（＝音楽のような）のオーラルさに常に満ちみちているので、まるでジャズを聴かせるように詩で語ったり、一群の優れたロック・シンガーや、ソング・ライターの印象と同じような感覚を常に持っている最初の詩人だということである。

つまり白石かずこの詩は一気にオーラルに語られる（＝書かれる）のであって、それはすべて本能的な知性の働きによって構成されていくのである。客観的な公平さよりも、常に自分の肉体から出てくる見解（予感）に忠実な詩人なのである。

かつての吉増剛造さんの詩もそうだった。

國峰さんの詩朗読の間に、隣に座っていた白石かずこさんが、ほとんど一篇ごとに「凄いなあ」「うまいなあ」「素晴らしい！」「こんな言葉、誰にも書けないわよねえ……」と小声でこちらに何度も共感を求めてくるのが印象的だった。

國峰さんは「音」を「言葉」のように聴きとり、「言葉」もまた「音」のように聴いている「耳」の詩人である。

柴田基孝さんの『耳の生活』という詩集のタイトルそのもののような詩人なのである。

國峰さんはご自分で朗読をされることは少ないが、言葉の音の響きにとても気を配った詩が多い。だからリズム感の悪い人にはとても書けない（読めない）詩ばかりである。認知科学で「クオリア」と呼ばれている世界が國峰さんの詩にはあふれているのだ。

「クオリア」とは、ピアノの音を聴いたときや、匂いを嗅いだりしたときに、聴覚や嗅覚の五感から脳に浮かぶイメージのことであるが、「言葉の音の響きには潜在的に人の心を動かす意味がある」のだ、ということを『怪獣の名はなぜガギグゲゴなのか』（新潮選書）で黒川伊保子さんが詳細に書いている。

＊

「女性詩人」（昔は〝女流詩人〟と言っていた）の詩史については、新井豊美さんの『近代女性詩を読む』（思潮社）を筆頭に、他にも新井さんの労作がある。

与謝野晶子の『みだれ髪』から始まり、高群逸枝、深尾須磨子、左川ちか、江間章子、林芙美子、森三千代、永瀬清子と続き、茨木のり子、石垣りん、牟礼慶子、富岡多恵子、新川和江、白石かずこ、吉原幸子、高良留美子、多田智満子、財部鳥子と戦後詩に至る、まさに「女性詩一〇〇年の軌跡」をたどった壮観の労作である。新井豊美さんでなくてはけっしてできない仕事だ。

ここで特に新井さんが五章をさいて論考されている左川ちか、江間章子を中心とした「モダニズム詩と女性たち」を、もっと手を広げてその系譜をみんなでたどりきってみることはできないだろうか。

たとえば「左川ちか」の特集篇をわざわざ出した京都の「ムーンドロップ」(11号、二〇〇九・二、編集・國重游)や、「舟」の坂本真紀、大坪れみ子。「蘭」の坂東里美。福田知子「水晶体の詩人・左川ちか」(『微熱の花びら』)などなど、ぼくの手元にいまある詩誌だけでもそのファンの多いのがわかる。

塩寺はるよについての内堀弘氏のエッセイ(「初版本」人魚書房、二〇〇七・七)もすでにある。故・佐々木桔梗氏の『江間章子全詩集』(宝文館出版、一九九九・五)の労作の解説も、手軽にもっとみんなに読めるようになってくれるといいなと思う。

ぼくが知るだけでも「VOU」には、もっと紹介しておきたいたくさんの魅力的な「モダニズム女性詩人」たちがいた。

すでに國峰照子さんの労作、白石かずこ論(「櫻尺」)、森原智子論(「gui」81号、二〇〇七)が書かれているように、少しずつでもこうしてお互いに書き続け、十分に書き残しておきたいものである。

ぼくらの世代は(とくに自分は)一九七〇年代のスーザン・ソンタグというアメリカの女性批評家に代表される「反解釈」にすっかり染められてしまっていたので、とにかく意味を見つけてそれを解釈したがる当時の詩や俳句の雑誌のエッセイを、ちゃんと読みもしないくせに勝手に馬鹿にしていた口である。「芸術に対する解釈の横行が、私たちの感覚性を毒している」などと言って。

以前はその解釈のメッセージがとくに左翼的イデオロギー、社会性の匂いばかりがやたらに強くて、特にノンポリのぼくはこの時代のソンタグに大拍手だったのだが、あれもこれもみんないつまでも反解釈一本で済ませるというわけにはそうそういかなくなった。当たり前である。ただ「解釈」という言葉がいまでも嫌いである。子どものときからの受験学習参考書のせいだろうか、古文の授業のせいか、それとも詩歌の世界の入門書のせいか、そのどれものようだ。

たとえば新聞や雑誌、町の小さな広報誌にまで必ず載っている俳句や短歌の選者の解説文というのは、ぼくの好みのせいか気持ちの悪い文が多い。

同じように詩の時評というのも結構ムズ痒い。

もともと國峰詩は、素直な自己表現の詩などではまったくないから、そんな簡単に誰でもこの発言を「わかる」「わからせられる」はずがない。

國峰詩はひとつの決まった方法論を後生大事に踏襲させてつくられることはあまりない（たまにあるけど、すぐ飽きてしまう）ので、一見完成度、完璧性を目ざそうと奮闘努力している詩人には見えてこない。いつも徹底的に日常化され普段着である。チャランポランだとまで言いたいわけではないが、そう受けとめ思われてしまいそうなので損をしているかも？（自分の多才さに悩みながら、一方ではそれをたのしんでいるように見える＝新井豊美）

この気の変わりやすくムラの多い（そこが面白いのだ）数々の國峰詩を一応こちらが「理解」し、せめていつでも一緒に「遊ぶ」ためには、「わかろう」と「解釈」しようではなく、まずその「趣向」（＝思いつき）を面白がる「遊びごころ＝いたずらっ気＝性向」を共有しようとする気まぐれが先である。

むしろ「詮索嫌い」の「わかりたくない」仲間、「反解釈」同士の交感、共感というようなものである。なるほど「数寄」って、もしかすると、こういうことだったのかしら？といまさら思うように。

一々の方法論を、どうのこうのというより「詩法」というような人生論とでもいうのか。たとえば岡倉天心の「茶の本」とか、西脇詩論のように「ウム！」などと得心、感心していればそれでいいのだ。

この「数寄」好きというか、「制度壊し」というのか、

「フリージャズ」誕生の時代のような共感を一緒くたにして述べようとするのは、面倒臭くて難しそうだが、だからといって別にできないことではない。

たとえば誰かこれから「國峰照子論」を途中までもしや書いてしまっていたりすると、必ずこうゆう目に合うが、この場合は事態事情のなりゆきのままにして遊ぶしか他に方法がない。数奇じゃなくて「数寄」だからいつのまにかしのび「寄」ってくる性質のものなのだろう。そこがまた面白いところだ。

いきなり國峰照子さんを「モダニズム女性詩人」の仲間呼ばわりをして引きこみ、話は始めてしまったが、もうこの「gui」の連載でさんざん書いてきているように、選択を間違うとこれは大変失礼なレッテルを貼ってしまったことになるのがこの「モダニズム詩人」なのである。たとえば現在、次のように、書かれることがほとんどで、いわゆる世間の評判はぜんぜん良くないのだ。

> 浅薄、皮相、上滑り、と、およそ相場が決まって動かないものに、昭和初年のモダニズムの詩に下される評価がある。思うに往時の詩人ならばさしあたっては三好達治、西脇順三郎、瀧口修造といった数名の活動だけが、今では大きく迫ってくるばかりで、これを盛んに標榜した当の詩人たちの作品は一般にはまず読まれなくなったろうし、読んだところが訴えてくるところは少ないと見えてもはや個別に語られることもない。つまりはモダニストたちが一様に売り物としたようなイメージとテクニック、スタイルに多くを負う詩というものが、戦後にこれを否定することから出発した詩誌「荒地」一派の登場以降、既に詩としての妥当な魅力の大半を失ってしまったからで、実にモダニズムの詩を閑却することは今日唯今の「現代詩」へとつながってくる進歩である、という一点によって、ことさら怪しむまでもないことと決着を見て久しいのである。
> (秋元幸人「吉岡実とモダニズムの詩」、「Ultra Bards」一九九七・四)

モダニズム詩人は、詩壇、詩誌の歴史のある一時代の一事項としてのみ、こうやって扱われてきていた詩人たちの呼び名なのである。いまでもそう思っている詩人はとても多いはずである。

國峰さんがまだ音楽学校の学生だったころに、新宿の紀伊國屋書店で「VOU」を読み、北園克衛をすでに見知っていたことなどは後に知ったが、ようするに詩を書くようになる出発以前に世の一般的な詩壇、詩誌傾向などというものに目もくれてはいなかったという幸運な(結果不幸なのかも＝文学少女?)女性であったことが、これでよくわかった。

ともかくも明治以来のリリックや大正以降のアヴァンギャルドの試みに知的な態度、平たく言って芸を与えてこれを整え、海彼の詩壇情勢にもきっちりと睨みを利かせながら日本の詩を活気づけたのは、彼等、詩誌「詩と詩論」周辺に群がったモダニストたちだった。その浅薄さも皮相さも、今だからこそそうあげつらうことができるだけの話。往時の読書人はこれを選り分けて丹念に彼等の芸とつきあってみることを惜しまず、更にはそこからちゃんと自家の情操に用立つ栄養を汲んではいたらしい。しかもその栄養がながく留まってやがては自らの血と成り肉と成るまでに至ったという一群の人々も居た。

例えば澁澤龍彦にはこんな回想がある、「年少のころ、分厚い「詩と詩論」などをぱらぱらとめくりながら、綺羅星のごときモダニストたちのなかで、安西冬衛にだけ特別な関心をいだいた記憶がある。」「もしわたしが詩を書くという作業に手を染めていたとしたら、わたしのペン先から流れ出す幻想のスタイル、もしくはイメージのフォルムは、おそらく、あの安西冬衛のそれと同質のものとなっていたであろう……おそらく、(そして残念ながら!)安西冬衛の亜流となっていたであろう……」(『安西冬衛全詩集』一九六七年)。

(同前、秋元幸人)

「まことに影響だの模倣だのは思わぬところに思わぬかたちで潜んでいる」(秋元幸人)ものだ。

秋元さんのエッセイは、モダニスト安西冬衛ｰ澁澤龍彦、そしてモダニスト北園克衛と吉岡実の出会い、そして影響、その敬意を美しく細密に描いた労作であるが、平凡だが人の出会いは限りなく面白く、この世の流れにわざと逆らってきたともいえる各々の詩人の互いの選び合い方が（こういうの大好きだから）うれしくて読んでいて拍手をしたくなった。読書をしていて拍手をしたくなることなんて、そうそう滅多にあることではない。

　ともかく吉岡実が北園や左川ちかなどの影響を受けていたように、國峰照子が北園を初めとしてたくさんの「モダニズム女性詩人」の先達たち（に限ったことではないが）から、深く影響を受けてきていたのは明らかである。

　しかし、國峰照子詩は北園詩とまったく同質のものではなく、むしろ正反対のモダニズム詩になっているのが影響というものの面白さである。

　國峰照子の詩は生きている日々の日常性をすべてふんだんに取り込んで、まるでそれを職人の手仕事のように楽し気に、愛し気に自分の音楽（＝詩）を作り続けている稀有な（幸せな）独特のモダニズム世界だと言えよう。

　北園はと言えば、生きていることの日常性を極端に切り捨て、切り捨て、切りつめることによって詩をどんどん抽象化させてきたストイックな革新的モダニストである。

　じゃあこの二人のどこに共通するものがあり、そのどこに影響が見られるのだろうか？　それは二人とも相当に脳天気（で強情）な「天の邪鬼」同士だったということぐらいか。

　第一詩集『玉ねぎのBlack Box』は、第四回ラ・メール新人賞を受賞後の詩集だが、その帯に次のような二つのコメントがついている。

「その思考にはシシュフォスの筋肉を思わせる骨格があり、ここ一、二年、行間に柔軟性と、スパイスのきいた独特のユーモアがあらわれるようになった。」（新川和江）

「それは世界のあらゆる現状に対する疑問符、批評精神であろう。自分の中の抒情性との壮烈な闘いを見せてくれるであろう今後が、非常にたのしみである。」（吉原幸子）

そして國峰さんの「自身のアドバタイズ」という自己紹介が裏表紙にある。

ここで私自身を〝シシュフォス〟という銘柄の便器に置き換えるなら、次のようなコピーになると思います。

＊猫背の背もたれ付き＊堅くて暖かい便座＊製造一九三四年＊以後、思春期毎に改良をかさねた＊A型タイプ＊汚れが付きにくい塗装がしてあります＊金だわしで擦っても傷つきません（但し、柔らかいもので拭くと涙もろいので注意）＊色は明暗とりそろえてありますす＊ひとりの空間＊猥雑な香り＊を十二分に満喫できるでしょう＊在庫品薄につき、草草にお試しください。

両巨匠の叱咤激励文に対して、自分は「〝シシュフォス〟という銘柄の便器」なのだと自ら宣言しちゃっているのが凄い（カッコいい）。

永遠の苦行などわたしにとって屁でもないことなのだ。「不条理の哲学」なんて言ってしまうと、普通暗い、絶望的なイメージばっかりが浮かんでくるけれど、闘い、反抗しながら、生きる、あえて逆境に敢然と立ち向かっていく「反抗的人間」のことであると思えばいいのだ。「いいわよ、どーせまた持ち上げてやり直しゃいいんでしょ……」「これでかえってせいせいスッキリするわ……」なんてね。

「あとがき」には、ちゃんとそう書いてある。

國峰さんの作曲された音楽をこれまで一度も聴いたことはないけれど、（作曲＝自己編集と思えば、）それは完全な美からの故意の逸脱を楽しむというような、きっと遊び心の一杯つまった國峰流の工夫がなされた音楽だろうなと想像できる。

四釜裕子さんのブログ日記に以前次のような報告が載っていた。

川越のあしび舎へ、國峰照子オブジェ展（～5.31）をみにいく。鈴木東海子、江代充、中本道代、吉田文憲、新井豊美、角田響子、そして國峰照子各氏による「詩の声と歌とpiano」と題した朗読会をきく。

圧巻は、國峰さんが一九五〇年代に、「キタソノカツエ」七音を音列として曲にしあげた「きたそのかつえに」という作品の演奏。角田さん（國峰さんのお嬢さん）と奏でるピアノ曲のなんと躍動感あふれる軽やかなこと。最初で最後のライブだと國峰さんはおっしゃるけれど、それはダメです。初演に立ち会えて、ほんとうにうれしい。（2003.5.24@「きたそのかつえに」）

ぼくは残念ながらこの初演を聴くことはできなかったが、この「きたそのかつえに」の朗読のほうは、「北園克衛生誕一〇〇年記念コンサート」（於・新宿ピットイン、二〇〇二・十一・十三）で國峰さんご自身の声で聴いている。

その全文は関富士子さんのホームページ「rain tree」でいまでも読むことができる。そのコンサートの折のスピーチと一緒にこれはぜひ紹介しておきたい。

北園についての余計な前書き

私と北園克衛との関連についてちょっと申し上げておきますと、まず私が北園の存在について知ったのは一九五〇年代の半ばのことで、新宿でうろうろと青春を浪費していたころであります。その頃、クラシックを聴かせる名曲喫茶というのがいたるところにありまして、「プロバンス」とか「琥珀」とか「ショパン」とか、あと「風月堂」にも通っていました。学校にはロクに行きませんでした。中央線沿線の下宿を出て、新宿で途中下車、「紀伊國屋」と名曲喫茶で一日をむりにしていました。

当時「紀伊國屋」の店舗は路地の奥にあり、入口手前の左側に平屋の喫茶室がついていました。そこで北園さんの風貌を度々お見掛けしていました。お話しをしたことはありませんが、その斬新なデザインと格好いい詩は、当時あふれていた詩集の中で目からウロコ的なものでした。北園詩は人生の重さを盛る器ではなかったからです。北園は純粋な音と形を構築していると感じたのです。そこからは自由に音があふれていました。

北園がどこかに「僕はスイスの時計師のようにやっ

ていくつもり」と書いていたのを知って、その時、我が意を得たりと思ったものでした。この言葉はドビュッシーに対するラヴェルの立場を強烈に意識したものだからです。私は若い頃ドイツ音楽よりフランス音楽に、ドビュッシーよりラヴェルに魅かれていました。ドビュッシーの大きさは今ではよく分かりますが、ラヴェルの記号的な音の扱いや精密な技法に爽やかさを覚えていたのだろうと思われます。

当時、私は作曲を試みていたのですが、人生経験の浅い私にとって戦後詩は「歌」にするには手に余るものでした。せいぜい「カラマツの林を出でて」や「汚れっちまった悲しみに」あたりをネタにするしかなく、旋律も和声もシューベルトの真似事でした。そんな時、北園の詩が「音自体」というものに出会わせてくれたのです。

今回、この北園克衛生誕百年のコンサートを契機に、むかしの五線紙のダンボールをひっくり返してみましたら、その頃の苦心惨憺の跡が出てきました。「キタソノカツエ」七音を音列として曲を作るという試み。技術もないのにそんな無謀な計画のメモでした。

今の私もその頃から大して進歩してないのがみえみえなのですが、その紙きれにちょいと細工したものをここにご披露してみます。

きたそのかつえに

きたきたきた　たき　またたき
そのつえつえ　つえのさきの　そのつえ
つかのつかのつかのまの　えきに
かえったかえった　かえった
のでしょうか
そのたそのたそのた　そのほかそのほかその
ほかでもございませんが

たつたつたつたつ　たったぞたったぞ
そだつ　そだつ　そだつ　そだつ
そだったそだったそうだった
かもしれません
きたぞ　つえ　たき？　その　かた？

きたきたきた　たき　またたきまたたき
そのそのその　つえ　きたえきたえきたえ
くるくるえ　くるくるくるえ　くるえくる
くるえるくるえるくるえるくるえる
その　つえ　の　さき　にきた（後略）

北園克衛は昔からとりわけ女性詩人にやたらモテていたようだ。

北園克衛や瀧口修造は「実験」という言葉に人一倍の思いをこめて使っていたが、國峰さんの詩には、そういった力《りき》みはまったく感じられずいつも軽々飄々としていて、そんな科学上の用語は全然似合わない。

國峰さんにとって詩集は、いつも旅の途中の後始末のようなもので「極楽行、地獄行の名札をつけて」引導を渡したり、「巣づくりをしている自分に気がついて」「何をしているんだよ」と自分を叱り、あわてて詩篇をまとめて「ここにさらしてしまわないと先に行けない」のだと、少しでも自分がのんびり立ち止まることをけっして許さない。

『月の故買屋』は、「あとがき」一篇もふくめた十六篇だが、「どうにか十六個の　死に体　梱包　整えまして　ほうほうの夜逃げと相成りました」と、また果敢に次なる旅先へと急ぐ。「記述することは　内なる影の影ふみごっこ」というのも深いフレーズである。

北園克衛の詩の持っている「方法論」の無常観（感）のようなものがこんなときの國峰さんにもふと漂っているように見えるところがある。これは持って生まれた数寄好き同士のクールな共感（志向）というものなのだろう。

それと作曲というものの主観と客観の折り合いによってつくられていく作業が、そうさせて当然なのかもしれない。つまりだからこそ「作曲」ならぬ言葉と文字の「作詩」（編集的世界観）なのである。天に向って運び上げる大岩のツールはいくらでも際限なくあるのだから。これで納得なんて瞬間は永久に来ない。それで（だからこそ）十分良い。

（「gui」二〇〇九年八月、十二月、「北園克衛『郷土詩論』を読む」から抄録）

笑いの痛覚　『玉ねぎのBlack Box』

新井豊美

國峰さんは多才な人である。

この小柄でチャーミングな人は、音楽家、造型作家、演出家、スポーツウーマン、そして腕の立つ職人、鑑識家、それらのどれでもあって一番遠いイメージがシュフなのだが、実際には有能なシュフ、愛情深いハハなどもかるがるとこなし、どれにも秀れた才能を発揮している(らしい)不思議な人なのだ。

たしかに、この詩集を読んでみれば、國峰さんは言葉の世界でもその独特の個性を遺憾なく表わし、彼女自身も自分の多才さに悩みながら、一方ではそれをたのしんでいるように見える。

彼女の詩の、日常の生活批評からはじまってその批評性がブラック・ユーモアとなって日常性を食い破ってしまうストーリーの奇想天外さや、かるがると言葉をころがしてみせる遊びのセンスの豊かさや、あるいは自己対象化の眼力のとどき具合などには、その多面体ぶりをおおいに楽しむことができるだろう。

だがそれだけならとくにどうと云うこともない。多面的な要素は國峰さんの才能の豊かさと関心の広さを平面的に示してはいても、全体を、あるいはその中心を見せているのではない。彼女のほんとうの姿はもっと他のところにひっそりと身をひそめている。

たとえばこの詩集で作者の関心が拡がりを求めて外部に向かいながら挫折する姿をわたしたちは度々目撃する。

かんけい、かんけい、舌の上でころがしてみる。吐き出すことも、嚥み下すことも出来ないまま、日常風な顔をして帰ってくる。小住宅の門柱に架けられた赤い郵便受けに、夫と妻と子供の関係が麗々しく並べてある、このワイセツな家庭に。

(「ワイセツな一日」)

純粋なものを求心的に求める心が、人間のあらゆる関係の猥雑さをゆるさないほどに緊張してしまうことがある。「小さな悲鳴が　耳をかすめて　とんだ」、「もう自然に発する声はあり得ない」/、「アッハッハッハッハッハッ／病室なんて　ハッハッハッハッハッ」内圧が高まり、言葉はときおり悲鳴を上げ、テキストの声がむなしい笑い声を上げたがる。「かんけい」と無垢との間を大きくゆれながら。

したがってこの作者の関心はその二つの極の間にひき裂かれつづけている自分自身へと向けられてゆかざるを得ない。表題作「玉ねぎの Black Box」で國峰さんは一枚一枚自分の〈皮〉を剝いてゆきながら、そこに「闇夜のカラス」や「いわくつきの椅子」や「居留守でゆうめいなブランク氏」や「泳ぐ人」「水虫」などを次々に呼び出してはそれぞれに引導をわたしてゆくのだが、そのいささか自虐的すぎる身のこなしには見えすぎる眼を持った人のかなしみのようなものがどこか影をさしている。

彼女の批評には常に強者のそれにはない含羞があるけれど、本来諧謔の心とはこころやさしき弱者の美学なのだ。「かんけい」の中で苦しむのも、その見えすぎる眼の罪であって、だから國峰さんの言葉は、どんな場合にも人を傷つけたりすることは外道なんだと自分の躰をはって、他者を傷つけるよりは自ら傷つくことを選んでしまう人の自虐の快楽に満ち、そこは彼女が「こそばゆさに／身をくねらして」耐えるしかない笑いの場であり、内部の痛覚が集中するところであるのかもしれない。

民話やおとぎ話に出てきて人々をたのしませたり笑わせたりするキャラクターをトリックスターと云うが、わたしたちはこのトリックスターを必要とし愛しながらなぜか彼について考えることはない。まるで彼がこの世の外にいて、その場をたのしませるためにだけふと訪れる者であるかのように。だがもしかしたら彼は笑いながら、もしくは笑わせながら悲鳴を上げているのではなかろうか。國峰さんの詩を読みながら、わたしは、わたしたちの意識の不思議な緩衝地帯でもあるこの〈笑い〉について考えることがあまりにも少いことを思わせられるのだ。

ちいさな子を預ったので
面白い歌をうたってやりました

手を叩いて笑うので
もう一度　うたいました
足まで笑うので
また　うたいました

ちいさな子は気の毒そうに言いました
もう笑わなくていい？

（「月合い」部分）

「もう笑わなくていい？」と聞くのは、ほんとうは笑わせられている子供ではなく笑わせている作者自身ではないだろうか。國峰さんほど笑いの意味を深く知りそのかなしみを知る人はいない。

ウツの日は
屋根の上で
月と遊んでいます

月崩したり　月上げたり　月飛ばしたり
月落としたり　月返したり　月出したり
月抜けたり　月通したり　月立てたり
月回わしたり　月放したり　月刺したり

そのあとで
病院に　月添ってゆきます

（同前）

笑いの痛みを、かるく言葉遊びの世界へみごとに昇華させたこの作品で、わたしたちは心優しくホスピタリティーに富んだこの詩人のもっとも無垢で美しい部分に触れ、豊かな造型力と言語感覚に舌を巻くのである。いまは「玉ねぎの Black Box」から脱出して、國峰さんはすでに「普ク無辺ニ遊」ぶ境地に到達しているにちがいない。

（『玉ねぎの Black Box』一九八七年思潮社刊）

ないものねだり　『流れつきしものの』

高橋睦郎

國峰照子さんは詩が好きで好きでしかたがないようだ。好きでしかたがないから、書かずにはいられない。書かずにはいられないから、言葉はつぎつぎに出て来る。

考えてみれば、私にも同じような時代があった。いくらでも書けて書けてしかたがなく、そのことがまた愉しくて嬉しくてしかたがなかった。十代から二十代なかばまでのことだ。

しかし、それは長くは続かなかった。書けなくなったわけではない。あいかわらずというか、それまで以上にというか書けるのだが、ちっとも愉しくないし、ちっとも嬉しくない。というより、言葉だけが空回りして、むしろ苦痛なのだ。

こんな状態がそれから四十代初めまで続いた、書けば書くほど苦痛だから、ずいぶんいろんなことをして遊んだ。しかし、どんなことをして遊んでも愉しくはなかった。人生の中心事と決めていた書くことが愉しくないのだから、ほかのどんなことをしても愉しいわけはない。

それでも書くことをやめなかったのは、ほかに出来ることがありそうになかったからだ。同年輩の仲間に負けたくないという、つまらない意地もあったかもしれない。この二十年近い長い長いトンネルから抜け出したのは、四十歳を過ぎて何年か経ってからだ。

それから先はさいわい、ふただび書くことが愉しくなった。けれども、以前のように書けて書けてしかたがないということはない。以前に較べればどうしようもなく書きしぶりがちだ。しかし、その状態が以前どうしようもなく書けていた時よりはるかに快くなっていることも否めないのだから、厄介だ。

國峰さんのばあいはどうなのだろうか。どうも、私にとってはもう三十年近い以前の書けて書けてしかたがなく、そのことがまた愉しくて嬉しくてしかたがなかった時代がいまだに続いているような気がする。

國峰さんの年齢を考えれば、これは怖るべき若さといわなければなるまい。淑女に対して年齢をいう失礼は百も承知だが、あえていいたくなるほどの詩の若さなのだ。具体的にいえば、主題と形式の新しさへのあくなき好奇心である。この詩集の中のどの一篇をとってもそれがいえる。しかも、若さに加えるに長年書いて来た人のしたたかな手だれもたしかにある。

こんな若さとしたたかさを兼ね備えた作品を前にして出来ることは、ないものねだりだけだろう。すなわち、書けて書けてしかたがない、そしてそのことが愉しくて嬉しくてしかたがない國峰さんが書けなくなり、書くことが愉しくも嬉しくもなくなった時のことだ。

その時、國峰さんはどうするだろう。その苦しいトンネルをどう通り抜け、通り抜けたらどんな書きかたをしているだろう。國峰さん、許してください。あなたもご承知のとおり、書く人間は書く人間に対して、しょせん嫉妬ぶかいものです。

（『流れつきしものの』一九九一年思潮社刊）

國峰照子異聞

中川千春

1

國峰さんとのオツキアイ（ご当人流に「月合い」とも）も気がつけば四半世紀を経過した。親子ほどにも齢の離れた私のほうから「國峰さんとのオツキアイ」などと記す無礼は重々承知しているのだが、この御方のご寛容はじつに底知れぬものゆえに、ついつい気兼ねがなくなってしまう。申し訳ない次第である。

加えて、國峰さんの詩業について解説する適役はどうも私ではないようにも思う。作者ご当人の面白さに長い間オツキアイしてきたために、かえって作品の素顔と対面する間合いを失っているような気がするからだ。と逃げ口上から始めるのも勿論また失敬な挨拶だが、きっと國峰さんは、あっはは、そうきたか、と一笑に付してくださるだろう、と勝手に想像するのだ。

オツキアイは、現代詩ラ・メール新人賞を受賞され『玉ねぎのBlack Box』が上梓されたその前年、すなわち一九八六年からだ。同じ賞の第一回受賞者であった鈴木ユリイカさんが（以下諸氏の敬称を略させていただく）同人誌を創刊せよとの天啓にある日撃たれ、その高温灼熱の呼びかけに応じて集まった二十人余りで発行したのが詩誌「ハリー」であったが、四年間休まず隔月刊、編集を一手に引き受けたのが國峰さんだった。中本道代、高階杞一、征矢泰子、天童大人、筏丸けいこ、永塚幸司、難波律郎、河津聖恵などからなる大所帯の喧騒を相手に、不平も洩らさず勤勉に編集を続ける國峰さんには、同人の誰もが感謝すると同時に畏怖の念を抱いた。阪本若葉子は終刊号の辞に「國峰照子の超人的としか思えない辛抱強さと持続力」を讃えている。対してご当人曰く「人中で何かをはじめると必ずおそってくる虚しさ、私はその虚しさが好きなのらしい。虚しさのなかで燃え上がるしか生きようはないのだ。つくづくマゾなんだと思う」と。この自己分析には満点を与えるべきだと今も私は思っている。

さてひょんなことからその一員にされたのが縁で、「ハリー」解散後に國峰さんに声をかけられ、吉田文憲、中本道代、阿部日奈子などと同人誌「7th CAMP」さらに「Ultra Bards」を出すことになり、オツキアイは続いてきたというわけだ。

國峰さんを思い浮かべるとき、きまって次のような姿が彷彿としてくる。颯爽と足を組み、ちょっと背を丸め、煙草を指に挟んでトーチのごとく垂直に立て、周囲が語る、文明への呪詛、老若男女についての四方山話、芸術をめぐる力説詭弁、貧相菲才な現代詩人に関する嘆息などを、ふんふん相槌を打って聞き、絶妙なタイミングで「ほおーんと。やーんなっちゃうわよネ。あー、でもオカシイ。はっは」と仰る姿である。

高崎駅に近い詩人のアトリエは、國峰さんが三十歳になるかならぬかのときに自ら模型を設計して建てられたものだそうで、中世の欧風というのか、民芸調の山小屋というのか、まことに魅力的な空間だ。立派な梁に高い天井、荘重に設えられた書棚。壁画に薪ストーヴに重厚な革椅子。グランドピアノ、諸民族の楽器群。ついでに言えば「楽器は時間をくう　とてつもない美食家だ」（「兎の病室」）とそれらを畏怖慨嘆する詩もあった。そして部屋の其処かしこには、詩人が黙々といそしんで工作した珍奇な物体が、置かれたり風に揺れたりしている。國峰さんは鍵盤楽器の名手でもあるし、指先が大変器用なのだ。木片を削り、フライパンで炙られている男の頭部のオブジェをこしらえるなどを朝飯前におやりになる。館の主がいかに様々な創作に魂を奪われ心身を削って明け暮れしているかを語るにそれらは余りあるのだが、にもかかわらずと言うよりは、そのためにと言うべきか、そのアトリエは、作品「反住器」にあるような「無意味な空間という贅沢さにあふれている」ように感じられもするから不思議なのだ。

「ラビリンス氏の水槽」の中ではシテ役は「かくれたるくらげの蒐集家」と紹介されているけれども、國峰さん自身が、正体を容易には摑ませない、何でも吸収するブラックホールのような巨大クラゲ詩人であることは間違いなくて、私のこの陳腐な比喩に首肯する人は幾人もいよう。

2

組曲『CARDS』に珍列されている、動植物たちを肴にした寓意や見立てには、エスプリのうちに、存在の寂しさが奏でられている。

生まれ落ちたときから
別れを言うために会いにきた
齧歯類もどき

八の字に眉を下げ
四方山話に耳をかたむけ
細いしっぽは東西を占い
おひねりは有難く受け
あとは晴れ晴れと
よきに計らえ

帰る場所も知らず

帰る時も知らず
ただ別れの挨拶ばかり達者になる

（「ワカレネズミ」『CARDS』）

國峰さんの詩人としての出発は壮年になってからだ。若い時から文学に親しみ、多感な女学生時代に橋本一明と出会ったり、北園克衛に代表されるモダニスムに惹かれたりしたと聞いているが（國峰さんには原口統三や橋本一明の青春を紹介する著作がある）、自ら最初の詩集を分娩したのは、人生の酸いを存分に知り、母親としても師としても二人のお子さまを立派に育てあげられた後のことだ。しからば詩壇登場の当初から國峰照子の作品世界は、長い時をかけて念入りに醸造されていた古酒解禁であったと譬えるべきで、そもそも人生経験の豊かな食客の嗜好にこそ適うレシピであった。まことに苦笑するほかない生の悲喜劇、浮世の憂鬱と不条理、そうした題材を吟味して俎上にのせ、川柳狂歌風にスパイスを効かせ、モダニスム仕立てに調理するには、下ごしらえに元手がかけられていたのだった。

『玉ねぎのBlack Box』冒頭の一篇のひそみに倣おう。ある日われわれは、衣食住をはじめとする人類の営為が、一種「ワイセツ」なものであることに不意に気付く。眼に映り指に触れる周囲の世界は根底から不埒乱脈な異界に変貌する。そこで矜持を以て怪物に毅然と立ち向かおうとすれば、ドン・キホーテ流に生き抜くという方法がないわけではない。しかし無軌道な騎士道をも神聖視しないとなれば、かくて人は、揶揄を揶揄するためにも、微苦笑しつつ、永遠の従士を努めるサンチョ・パンサの位置を選び取るだろう。

じっさい國峰さんは反権力反権威の人なのだ。偉そうなことを言う人物を真っ先に冷笑する能力に長けているし、ご自身もまた権威主義や年功序列思想とは逆方向の人である。芸術と芸術家に対しても同様に公平無私で、その眼力は裸の王様をすぐ見破ってしまう。

國峰さんは、人類社会のみならず、神か誰かが創造したこの世界の珍奇さを、摘み出してはユーモラスに晒す香具師である。『4×4＝16 月の故買屋』や『ドン・キホーテ異聞』に明瞭なのは、韜晦と諧謔の変化球を根気よく繰り出し、婉曲技法や表現の仕掛けの多様性を見せることに心血を注ぐ姿だ。変幻自在、融通無碍、柔軟な発想はやはりクラゲのごとくではあるまいか。私見によれば、その批評精神の核には社会学的な見識があり、ときに力学や数秘学のようなものまでが独自の倫理の追究に援用されている。

3

音声および音楽との蜜月にも触れなくてはなるまい。

実験的精神を横溢させた詩集『開演前』こそはその意匠の集大成である。二段組で組まれたこの文庫版詩集で興味をもたれた読者には、是非その原本の全頁をご覧いただきたいと私は願う。

そこでは、ある作品は多重声楽曲の歌詞のようであるし、ある作品はあたかもジョン・ケージが試みたチャンス・オペレーションを文字で試みているかのような趣きである。文脈を追おうとする読者を眩暈させる作品も多い。活字は音声記号であると同時に、紙上の空間にタイポグラフィックに配された印影でもあり、それらは読まれる順序さえ定かには置かれていない。ブーレーズ、シュトックハウゼン、ペンデレッキなど二十世紀前衛作曲家などの書いた譜面を類推させる作品もあるし、開演前というタイトルから推して、それら詩篇が音声または音楽を伴って別次の生命を顕すならば、いったいどんな楽曲になるのだろうかと想像するのも愉しい。またそれらを絵画的星雲として眺めれば、マラルメの『骰子一擲』他、古今東西のヴィジュアルな意匠の系列に並ぶものとして鑑賞しうる。

それは音楽でもあり美術でもあり、地図でもあり設計図面でもある。言葉は木片のように素材として蒐集され、繋ぎ合わされ、再陳列されて、聴覚と視覚とを刺激し、かつ意味をも孕んで観客席に辿り着くように、つまり、物質として多元的に機能することが狙われている。そうしてやはり私見によれば、失敗を恐れず、ともかく面白そうな思いつきは片端から試みてみよう、と積極的に無邪気であるのが國峰さんの持ち味だ。その晦渋や安易が周囲に受け入れられようと受け入れられまいと、遊戯精神の孤高において國峰さんは貴族に属しているのだ。

この錬金術師が好きなものには他に何があったかしら。荘子、十牛図、バッハ、グレン・グールド、エッシャーの絵、素数の不思議、駿足の競走馬。

群馬県の大穴スキー場だったと記憶するが、ある年の冬、國峰さんと私はゲレンデで一服していた。そばに初老のリフトの番人がいて、何かのきっかけで私たちは会話を始めた。「ここは戦後に第一回インターハイが開かれた由緒のあるスキー場で、そのときも私は競技を見てましたよ」と初老氏が言った。「あらま。わたし、そのとき滑った選手でした」と私たちを驚かせた國峰さんであることも記しておこう。

國峰さんは華奢で小柄で、身のこなしの軽い、運動神経の優れたスポーツウーマンだ。近年は自ら工作した特製の卓球台をアトリエに据え、「ちいさな人ほど負けず嫌いで気が強いものよ」と警告を発しておいて、加工したシャモジをラケットがわりに握らせ、敏捷に動いてスマッシュを放ち、素人の私などをカモにしては旨そうに煙草を嗜まれる。初対面の時から殆ど変わらぬ頭脳の若さ柔らかさ。時の流れに抗する秘術を竟に発見したのであるか。或いは國峰さんは『ドン・キホーテ異聞』にいうところの「蛸系ウイルス」を養う異能者であるか。畏るべし。

（2015.3.1）

現代詩文庫 221 國峰照子詩集

発行日 ・ 二〇一五年十月三十一日

著 者 ・ 國峰照子

発行者 ・ 小田啓之

発行所 ・ 株式会社思潮社

〒162-0842 東京都新宿区市谷砂土原町三—十五

電話〇三（三二六七）八一五三（営業）八一四一（編集）八一四二（ＦＡＸ）

印刷所 ・ 三報社印刷株式会社

製本所 ・ 三報社印刷株式会社

用 紙 ・ 王子エフテックス株式会社

ISBN978-4-7837-0999-2 C0392

現代詩文庫 新刊

201 蜂飼耳詩集
202 岸田将幸詩集
203 中尾太一詩集
204 日和聡子詩集
205 田原詩集
206 三角みづ紀詩集
207 尾花仙朔詩集
208 田中佐知詩集
209 続続・高橋睦郎詩集
210 続続・新川和江詩集
211 続・岩田宏詩集

212 江代充詩集
213 貞久秀紀詩集
214 中上哲夫詩集
215 三井葉子詩集
216 平岡敏夫詩集
217 森崎和江詩集
218 境節詩集
219 田中郁子詩集
220 鈴木ユリイカ詩集
221 國峰照子詩集